HaffmansTaschenBuch 45

GERHARD POLT
HANNS CHRISTIAN MÜLLER

Der Bürgermeister von Moskau

*Und andere wahre Geschichten
fast wie im richtigen
Leben*

*Mit Zeichnungen von
Volker Kriegel
und einigen
Fotos*

HAFFMANS VERLAG

Der Bürgermeister von Moskau
Erstausgabe des vollständigen Drehbuchs
zur 10. Folge von »Fast wia im richtigen Leben«,
Erstsendung am 19. Dezember 1983, 21.45 Uhr,
ARD, Bayerischer Rundfunk
Alle anderen Texte
bilden die Erstausgabe des vollständigen
Drehbuchs zur 13. und vorläufig letzten Folge
von »Fast wia im richtigen Leben«.
Erstsendung am 13. Dezember 1988, 21.45 Uhr,
ARD, Bayerischer Rundfunk
Die Zeichnungen hat Volker Kriegel
eigens für diese Erstausgabe
gefertigt.

Veröffentlicht als
HaffmansTaschenBuch 45, Sommer 1989
Konzeption und Gestaltung von
Urs Jakob.
Umschlagzeichnung von Volker Kriegel.
Fotos im Buch und auf der
Umschlagrückseite von
Thomas Klinger.

Satz: Jung Satz Centrum, Lahnau
Druck: Ebner Ulm
ISBN 3 251 01045 0

1 2 3 4 5 6 – 94 93 92 91 90 89

Inhalt

DER BÜRGERMEISTER VON MOSKAU

1. Brunnhof-Stammtisch

Wirtin Thea räumt am Stammtisch leere Gläser ab.

SEPP Eine Runde auf meine Rechnung, und dem Noagarlzuzler stellst aa a Quartl hi.

THEA Also fünf Helle und a Kloans.

SEPP Ja, genau.

HORST Mir fei a Weizen.

GERHARD Ja, dieses Freibier, also des Freibier, des is, des is, mei, ma kann fast sagen – Freibier is was revolutionäres. Wissen Sie, de Gschicht hat angfangt, mir warn im Brunnhof am Stammtisch ghockt, neber mir is gsessen der Peukert, gell Horst, du bist neber mir gsessn ...

HORST Ja, i bin da gsessn.

GERHARD Der Fischer Otti war dabei, der is da gsessn, dann war dabei der Waginger Schorsch ...

SCHORSCH Thea, wie schaugts'n aus mit'm Bier?

THEA I kimm scho.

GERHARD Der Schorsch hat scho seine sechs Halbe im Bauch ghabt ...

THEA Der hat scho zwoa Halbe mehr ghabt, der hat ... *In die Kamera.* ... der hat scho zwoa Halbe mehr ghabt, aber er vertragt einiges, der Schorsch.

GERHARD Dann war anwesend der Maier Sepp, der hat an Gebrauchtwagenhandel.

SEPP Neiwagen aa, also i besorg Ihnen an jeden Wagen a so, wias an ham wolln.

GERHARD Er besorgt Eahna wirklich jedn Wagen a so wias'n wolln ...

HORST Ja, des stimmt.

Achim Holz ruft aus dem Hintergrund.

HOLZ Ich war auch dabei, als die Sache losging.

GERHARD Ja, is scho recht, Noagarlzuzler. Mir hoaßn eahm Noagarlzuzler, er woaß garnet was des bedeit, a Noagarlzuzler, des is oana, der die Bierreste anderer Gäste zusammenschüttet, gell Noagarlzuzler! Er gfreit si allweil, wenn ma eahm so nennt.

HOLZ Ja, man nennt mich hier Norgerlzuzler.

GERHARD Ja, ja, is scho recht, jedenfalls aah, wie erklär ich Ihnen des jetzt, hmmm, mir ham halt so gred, so über die Weltlage und so übern Russen im allgemeinen, raketenmäßig und so halt, und na hat der Maier Sepp hat nachad gsagt...

SEPP Dene rotn Hund miassat ma amal...

GERHARD Naa halt, da Fischer Otti hat des gsagt.

HORST Ja, der Otti wars.

THEA So, eine Runde. Des Weizen fürn Horst, fürn Schorsch no a Halbe. *In die Kamera.* Des is jetzt die Neunte!

HORST Da Otti hat des gsagt.

OTTI Des hab i gsagt. I hob gsagt: Dene rotn Hund miassat ma amoi a Freibier ausschenga, daß aa amal was ham, na warn de vui gmiatlicha.

SEPP Ja, aber drauf kemme is er bloß, weil i a Rundn Freibier spendiert hab.

GERHARD Ja, wenn der Sepp des Freibier net spendiert hätt, na warn mia nia drauf kemma.

HORST Ja, des stimmt.

GERHARD Naja, mir ham dann eigentlich über was anders gred...

HOLZ Über Japan.

GERHARD Aah, brauchens garnet hihörn, was der sagt.

Holz Doch, über Japan wurde gesprochen.

Gerhard Der Kerl bringt mi ganz durchananda, also mir ham na über was anders gred, wi ma halt so red.

Schorsch Thea, noch eine Halbe.

Gerhard Ja Herrschaft, der hat heut an Zug drauf. Jedenfalls hat nachad da Otti gsagt, er kennt an Herrn Zapf von der Doldenbrauerei, und er dad an Herrn Zapf fragen, ob der net des veranlassn kannt, daß ma am Russen a Bier ausschenga kannt in Form von Freibier.

Otti Weil ich kenn an Herrn Zapf scho länger, persönlich, ich hab auch a paar Aktien von der Doldenbrauerei, gell, des hab ich nebenbei einfließen lassen, gell, und der Herr Zapf hat mir nachad gsagt: Otti, sagt er, kein Problem, a paar Fassln is uns der Ruß allweil no wert, und vielleicht werds aa no a Gschäft.

Schorsch Aja geh, geh, des werd doch nia was, de Russn lassn eich doch garnet nei. Mir san ja net amal mit unsere Panzer nei kemma.

Gerhard Eben, mit de Panzer net, aber vielleicht mit am Bier.

Schorsch Mir warn ja scho bis kurz vor Moskau, minus dreißig Grad ... *In die Kamera.* Des wissn die ja garnet, was eine Stalin-Orgel is, des wissn de ja garnet. Oder!? Es wart's ja noch nia da drunt. Mir warn ja scho bis kurz vor Moskau, i kenn mi aus. Minus dreißig Grad.

Gerhard Also was Rußland anbelangt, kann ma mit'm Schorsch überhaupt net redn.

Schorsch Dreißig Grad unter Null.

Sepp Des muaß ma aa verstehn, weil der Schorsch war ja scho drübn. Bis kurz vor Moskau.

Horst Ja, des stimmt.

THEA So, eine Halbe. Des is jetz de Nummer Zehn. *In die Kamera.* Jetz sans zehn Halbe. Kriagt sonst no wer aa no was?

HOLZ Ja, ich sollte doch noch ein kleines Helles bekommen.

GERHARD Da, i sags Eahna, dem leids koa Halbe.

THEA Ahja, des kloane Helle, des hob i vergessn. Gleich, Herr Holz.

SCHORSCH Es habts ja alle mitanand keine Ahnung, was des für Verhältnisse san, des hat net amal da Napoleon gschafft, es brauchts mir doch von Moskau nix vazähln, oder...

GERHARD Geh weider Schorsch, san ma wieda guat...

SCHORSCH Na, des muaß amal gsogt wern, und des sog i eich, da hat der Strauß scho recht, de mit eahna Polen...

GERHARD Ja, is ja recht Schorsch. *In die Kamera.* Jetz werd er ungmiatlich. Thea, zahln.

HOLZ *Will sich an den Stammtisch setzen.* Aber Schorsch.

SCHORSCH Und du haltst glei dei Maul, du Noagarlzuzler. Schaug, daßd weiter kimmst. Dad er si do am Stammtisch hihocka.

GERHARD *Im Gehen.* Naja, an dem Abend war dann aa nimmer vui los, mir san alle ganga, und vo Moskau hat eigentlich koana mehr gred. Mir ham des mehr oder weniger alle praktisch scho vagessn ghabt. *Gerhard ist draußen am Brunnhof angekommen und macht sich auf den Heimweg.* Aber ungefähr 14 Tag später is der Otti mit einem Mordsschwung zur Tür rein kemma.

2. *Brunnhof-Stammtisch*

OTTI Also was is, alles klar, wer fahrt jetz mit vo eich?

HORST Was, wia?

OTTI Da Zapf hat des Bier scho kalt gstellt.

GERHARD Welcher Zapf? *In die Kamera.* Mir ham des scho wirklich total vagessn ghabt.

OTTI Des is ois arranschiert, mir kenna nach Moskau fahrn. Freibier fürn Russen, ham mir doch ausgmacht.

HOLZ Ja, es war abgemacht, ich war dabei.

SCHORSCH A so ein Depp.

SEPP Ja, aaa, ja wann war na jetz nachad des?

OTTI Ende September, Datum kemma noch aussuacha.

SEPP September – auweh, da schaugts schlecht aus, oh oh oh oh oh.

GERHARD Mir alle warn eigentlich garnet drauf gfaßt, daß des was werd.

OTTI Wenn mer nüber fahrn, solln mer vom Landrat Gröbel an schönen Gruaß ausrichten, hat er gsagt.

GERHARD Der Gröbel is unser Landrat.

HORST Ja, des stimmt.

THEA Schorsch, was is, Moskau?

SCHORSCH Ah!

THEA Wenns nüber fahrts, na bringts ma aber alle was mit.

ALLE *Durcheinander.* Ja, ja is scho recht, natürlich, *usw.*

THEA Was is, mogst no a Halbe?

SCHORSCH Ja, oane zwick i no.

THEA *In die Kamera.* Mein Gott, der sauft was zam.

OTTI Ja was is denn los mit eich, fahrt denn do koana mit?

HOLZ Tja, ich bin dabei.

OTTI Di hot koana gfragt.

SCHORSCH Nehmts an Noagarlzuzler mit und laßts'n glei drüben, damit da Ruß aa was zum lacha hat.

GERHARD Von uns hat eigentlich koana so richtig Zeit ghabt nach Moskau, oder sagn ma amal mögn, wenn net da Berti gwesn war.

BERTI *Hat bisher noch nie einen Ton gesprochen.* Mir kanntn ja mitfahrn, mit da Blaskapelln.

GERHARD Des hat da Berti gsagt, des hat eigschlagn. Der Berti war im Endeffekt der Motor von dem Ganzen, mir ham uns nachad denkt, mir kanntn dene Russn nachad noch musikalisch irgendwie, gell ...

HORST Ja, des stimmt.

THEA Gell, und bringts ma fei was Gscheits mit aus Moskau.

ALLE *Durcheinander.* Ja, natürlich, *usw.*

GERHARD Also durchn Berti is die Sache praktisch in Schwung kommen, da Horst kann des bestätigen, gell.

HORST Ja, des stimmt.

GERHARD Und nachad san ma nüber nach Moskau.

3. Moskau

Kosmos-Denkmal, im Hintergrund Hotel Kosmos.

GERHARD Des is jetz praktisch da hintn unser Hotel, und des is Moskau. Mir san da sehr individuell untergebracht, des Hotel heißt Kosmos, also Kosmos auf russisch. Es is also anders als ma sichs ursprünglich vorgstellt hat, s kannt aa in Amerika sei, aber an der Schrift erkennt ma halt, weil des kann kein Mensch lesn, oder da, kenna Sie des lesn? *Zeigt auf kyrillische Denkmalschrift!* Sehns es? Außerdem is des Hotel Kosmos bloß in Moskau. Also ich wohn da, wenn's amal schaun, im 14. Stock, es 17. Fenster von links, da bin ich, also und da Horst, also ma is sehr nett untergebracht.

4. *Hotelzimmer*

Peukert sieht fern.

GERHARD Farbfernseher, Bad, Toilette, alles da, i war scho amal in Mainz in am Hotel, Richters Eisenbahnhotel, aber da muß i sagn, da is des hier direkt besser, also ich mein, vom Fernsehprogramm her hat ma hier natürlich net vui, weil ma versteht ja nix, aber auch des Frühstück is international: Semmeln, Butter, Marmelad, Kaffee oder Tee.

HORST Ja, des stimmt, Kaffee oder Tee, wie ma will.

GERHARD Glei neba uns is da Otti und der Maier Sepp untergebracht.

5. *Zimmer Maier Sepp und Otti*

Otti sieht fern, Maier Sepp verstaut im Koffer zwischen Videokassetten und Strumpfhosen die ersten Büchsen Kaviar.

SEPP *In die Kamera.* Da, schaugns her, Kassetten, Strumpfhosen, Armbanduhrn, lauter so Zeig, da san de unheimlich hoaß drauf. I dausch aber nur gegen Kaviar und alten Schmuck. Wenn oana mit Rubel daher kimmt, no sag i grundsätzlich njet, weil da Rubel is ja garkoa Währung in dem Sinn.

6. *Devisenkaufhaus*

Gerhard kauft einen Mischa, einen russischen Bären.

GERHARD *In die Kamera.* Sie, des ist zwar alles mit Rubel ausgezeichnet, aber die nehmen bloß DeMark oder Dollar, also da Rubel gilt net viel in Rußland, bei uns gilt er ja garnix.

7. Moskau – außen

Musikeinsatz.
Mehrere Moskauer Schauplätze. Die Blaskapelle spielt. Bierfässer sind aufgestellt. Stammtischleute in Tracht. Dazu Gerhards kurze Statements, was es zum Essen gegeben hat, daß er sich den Fuß verknackst hat, usw.
Letzter Standort, wo der Empfang stattfinden soll.

GERHARD Sie, in dene paar Tage sind mir ganz schee rumkomma, muaß ma scho sagn, hochinteressant.

HORST Ja, genau.

GERHARD Roter Platz, Lenin Mausoleum, alles da, wia ma's halt kennt von dene Bilder, und dann wars soweit, dann is er kemma, persönlich, der Bürgermeister von Moskau, zu uns, zum Anzapfen. Dolmetscher war dabei, weil er, der Bürgermeister spricht bloß russisch. Grundsätzlich.

Der Bürgermeister Borisov labert russisch, der Dolmetscher übersetzt.

DOLMETSCHER Wir freuen uns, Sie hier in Moskau begrüßen zu dürfen ...

BORISOV *Russisch, laber, laber, laber.*

DOLMETSCHER Herr Bürgermeister Borisov hat schon viel über das bayerische Bier gehört und freut sich, heute die Möglichkeit zu haben, original bayerisches Bier zu trinken.
Er sieht dies als Zeichen der internationalen Verständigung der Völker für Frieden und Freundschaft ...

GERHARD Ja, ungefähr so hat der gred, und na ham mer

gmoant, jetz geht endlich was mitm Bier, aber na hat der Otti gred.

OTTI Sehr geehrter Herr Bürgermeister, verehrte Anwesende.

Der Dolmetscher übersetzt wieder ins Russische.

OTTI Es freut uns, daß wir die Möglichkeit wahrnehmen konnten, hierher zu kommen, und es würde uns freuen, wenn Ihnen unser bayerisches Bier dann auch schmeckt.
Ich darf herzliche Grüße vermitteln vom Herrn Ökonomierat Zapf, er hat gemeint, wenns Bier nur schmeckt, dann solls recht sein ... *usw.*

GERHARD Also, Sie, mir ham alle gmeint, jetz gibts glei a Bier, aber des hat si fei ganz schee lang hinzogn mit dene Reden und Gegenreden und dieses ständige Gegrüße.

Ein höflicher Applaus.

SEPP Vom Gröbel muaßt'n aa no grüßen.

OTTI Ja, genau, fast hätt ich's vergessen, ich soll auch die herzlichsten Grüße vom Landrat Gröbel ausrichten an Sie, und an Moskau, aber auch an seine Bevölkerung, und es würde uns freuen, wenn Sie dann auch amal wieder bei uns im Heimatwinkel vorbeischaun könntn, äh würden.

GERHARD Geh weiter Horst, zapf o.

Horst zapft an.

GERHARD So, jetz wars soweit, des war der Höhepunkt. Freibierausschank in Moskau. Der Schorsch, wenn dabei gwen waar, na hätt er gspitzt. Da Bürgermoaster hat an jedem von uns die Hand geschüttelt und a Abzeichen von Moskau gschenkt. *Zeigt Abzeichen.* Da schauns, da stehts drauf auf russisch. Und der Berti und de andern Musiker ham nachad oan aufgspuit, und der Sepp hat des alles fotografiert. *Man sieht das alles.* A kleine Panne hats dann doch noch geben: Der Herr Bürgermeister war unheimlich scharf auf die Aufkleber ›Alles Frisch‹, de wo mir da zur Gaudi auf die Fassln naufbappt ghabt ham. Mir wolltn ihm nachad die Aufkleber schenken, gell, na hats scho oana runter stibitzt ghabt. Na is da Otto extra nochmal ins Hotel gfahrn, da hat er noch an Aufkleber gfundn ›Let's go West‹, da war er dann ganz begeistert, der Bürgermoaster.

Man sieht Otti, wie er den Aufkleber überreicht und ein paar Anstecker der Doldenbrauerei.

OTTI Da schauns her, des is die Brauerei, wo mir des Bier her ham, des is die Doldenbrauerei in Miesbach.

Dolmetscher übersetzt alles.

GERHARD Er war überhaupt begeistert, des Freibier, und dann der Aufkleber, und der Sepp hat des ois fotografiert.

8. Brunnhof-Stammtisch

Man sieht die Stammtischrunde nur von hinten.

SEPP Und de Kamera hob i nachad no am Flughafen gegen 3 Kilo Kaviar eidauscht. I hob ja scho ois fotografiert ghabt, da, des is unser Hotel, wo mir gwohnt ham, as Kosmos.

THEA Und wie war dann's Essen?

SEPP Also wegam Essen dad i ned no mal hifahrn.

GERHARD Aber's Frühstück war international.

HORST Ja, des stimmt.

GERHARD War alles da: Semmeln, Butter, Marmelad, Tee oder Kaffee, also wia ma wolln hat.

SEPP Also für a First Class Hotel scho eher mager. Zwoa Rolltreppen, und so lang mir da warn, is koane ganga, und ma hat aa net gseng, daß da oana was repariert hätt.

THEA Ham die do nix repariert?

SEPP Naa, nix. I war scho in Chicago, und in am First Class Hotel da warn solchene Zuständ absolut undenkbar. Aircondition hams aa koane ghabt. Was is da bitte First Class?

GERHARD Da Sepp is viel gereist, der war scho zwoa Mal in Windhoek.

SEPP Japan, Baja California, kenn i ois.

OTTI Aber sonst, was die so zum Bieten ghabt ham, des ham die dann auch geboten. Also des muaß ma scho sagn, des war doch interessant, was oam da ois geboten werd.

THEA Weil i grad naus geh, kriagt vo eich no oana a Halbe?

SCHORSCH Mir bringst oane.

THEA Horst, was is mit dir?

HORST Ja, oa Weizen.

GERHARD Also wia mir dann die Fotos zeigt ham, des hat dann praktisch überzeugt, des war dann der Beweis. Aah, Sepp, hast des Foto, da wo mir alle drauf san mit'n Bürgermoaster?

SEPP Sowieso. *Zeigt Foto.*

GERHARD Der Sepp is natürlich net drauf, weil er des Foto geknipst hat, aber er war scho aa dabei.

HORST Ja, des stimmt.

Thea kommt mit den Bieren an.

THEA So, da dei Halbe, da dei Weizn.

GERHARD Äh, Thea, paß amal auf, i hab was für di. Kimm amal mit.

Gerhard und Thea gehen in die Küche.

GERHARD Da schau her.

Gerhard überreicht ein Päckchen. Thea packt einen Mischa-Bären aus.

THEA Mei, der is aber nett.

Thea stellt den Mischa-Bären neben vier andere Mischa-Bären.

GERHARD Wo hast'n die her?

THEA Der do is vom Sepp, der is vom Horst, der vom Otti und der da von Berti.

GERHARD Ja aber in Rußland gibts aa nix anders.

9. *In der Gaststube*

SCHORSCH Na, habts eich recht aufgführt in Moskau, aber der Ruß is allerhand gwohnt, dem kimmts auf eich aa nimmer drauf zam.

OTTI Waarst halt mitgfahrn, na hättst es selber gseng. Die ham des Bier obazuzelt, da waarst du scho bald nimmer mitkemma.

HOLZ Der Russe trinkt ja sonst im allgemeinen nur klare Sachen, Wodka, Schnäpse und so.

OTTI Geh red doch du net, du warst ja garnet dabei.

SCHORSCH Aber des stimmt fei scho, der Ruß, der mog an Schnaps.

HORST Ja, des stimmt.

HOLZ Ja eben, sag ich doch.

GERHARD Aber der Schorsch war scho in Rußland und du no net.

THEA Geh laßts doch an Herrn Holz in Frieden, da, Ihr kleines Helles.

HOLZ Danke. Die Ukrainer trinken auch gern klare Schnäpse.

THEA Jaja, is scho recht. *Geht wieder zum Stammtisch.* Also nachad – zum Wohlsein.

HOLZ Nasdrowje!

Keiner reagiert.

THEA Und – wann kimmt jetz euer Bürgermoaster?

SCHORSCH Ja, der kimmt extra da her, daß er bei dir da herin Salzstangerln frißt.

THEA Der kon aa an Schweinsbraten ham oder a Leberknödelsuppn oder russische Eier.

Otti Gsagt hat er, daß er kimmt.

Schorsch Da Ruß, wann der kimmt, dann kimmt er anders als wia ihr eich des vorstellt. Da machts huiiit – und dann is aus mit'n Freibier.

Gerhard *In die Kamera.* Naja, des is nachad noch a ganze Zeit hin und her gegangen – kommt der Russe, kommt er nicht, wie kommt er, das heißt genauer gsagt, kommt der Bürgermeister von Moskau – aber an dem Abend warn die Meinungen bis zuletzt diverser Natur. Mir warn in Moskau, mir haben ein Freibier ausgeschenkt, mir haben musiziert, der Bürgermeister war da, die Grüße vom Landrat Gröbel wurden überreicht, die Einladung wurde ausgesprochen, das alles läßt sich beweisen.

Der Bürgermeister hat auch persönlich seinen Gegenbesuch angekündigt.

Ob er jetz aber wirklich kimmt, des liegt meines Erachtens im Ermessensspielraum des Bürgermeisters von Moskau selber, des heißt, es bleibt im Bereich des Spekulativen, bis er dann da war.

Horst Ja, des stimmt.

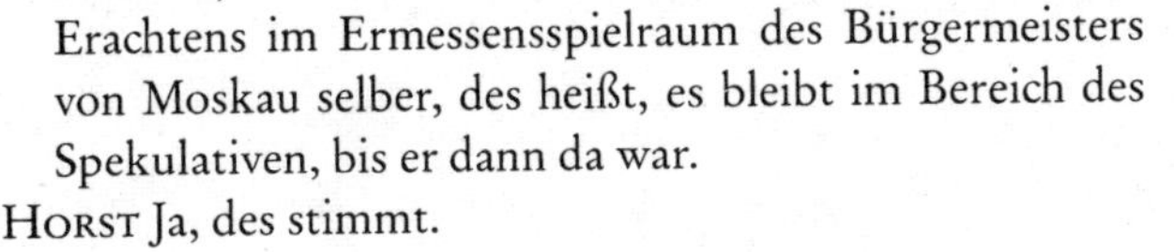

10. Brunnhof – außen

Ein großes Willkommens-Schild in Deutsch und Russisch hängt über dem Eingang.

GERHARD Was also keiner für möglich ghalten hat, die Russen ham an Landrat Gröbel wissen lassen, daß sie im Anmarsch sind, und mir warten jetz also hier, weil die miassatn eigentlich jeden Augenblick kommen. Im Grund genommen miassatn's scho da sein.

Ein Auto kommt.

GERHARD Da, des is unser Bürgermeister von St. Öd, jetz gehts auf, wenn der kimmt, kennan de Russen nimmer weit sei.

11. Brunnhof – innen

THEA So, ein kleines Helles fürn Herrn Holz.

HOLZ Danke. Sagen Sie mal, Frau Gruber, ich meine, mich geht das ja eigentlich nichts an, aber finden Sie nicht, daß der Schorsch schon ein bißchen viel getrunken hat?

THEA Ja, neun Halbe, des is doch normal bei dem.

HOLZ Tja, aber das sind doch hohe Staatsbeamte aus der Sowjetunion, wie wollen Sie das machen?

THEA Was?

HOLZ Was macht'n das fürn Eindruck, das ist dann deren Bild von Deutschland.

THEA Ah so moanas, ja mei, ja äh, da hob i ja no garnet ...

HOLZ Ja eben, nichts gegen den Schorsch, aber der paßt hier nicht dazu.

THEA Jaa, daaa ... äh, i schaug amal. Du Schorsch ...

SCHORSCH Bring ma no a Halbe und a Kasbrot.

THEA I kannt da ja des Kasbrot glei in der Kuchl macha, na ißt es glei drüben.

SCHORSCH Naa, des friß i da herin.

THEA Aber da kemman doch glei ...

SCHORSCH Wer?

THEA De Russen kemman, da is a echter Bürgermoaster dabei.

SCHORSCH De wenn do rei kemma, na sog i – Ruckiwerch – des hoaßt ›Hände hoch‹, na wissens glei, da is a Fachmann herin.

THEA Schorsch, des konnst am Otti, am Gerhard und am Sepp net odoa.

SCHORSCH Ha, de setzn mir da de Russn vor d'Nasn, der Bürgermoaster hat mi no nie eigladn. Wo samma denn, des is doch der Stammtisch.

HOLZ Sehen Sie, er wird schon aggressiv. Jetzt stellen Sie sich vor, der Bürgermeister kommt.

SCHORSCH Du haltst dei Votzn, Noagarlzuzler!

THEA Sans doch staad Herr Holz, der Schorsch is jeden Tag da herin und so a Bürgermoaster nur oamoi. Was hob i davo, wenn i an Stammgast verprell, bloß weil da so oamoi so a Ruß kimmt. Der bleibt a halbe Stund und dann geht er wieder. Der Schorsch is a solider Gast. Da, dei Halbe, Schorsch.

SCHORSCH Dankschön.

THEA *In die Kamera.* Wenn i von dene Prominenten leben miassat, na kannt i zammpacken. Von dene Prominenten da kannt i Eahna Stories vazähln.

Da Curd Jürgens hat da herin amal a Currywurscht gessn, der hat mit dem Ketschup rumgsaut, Sie, i sogs Eahna, naa.

Der einfache Mann gibt auf sein Gwand obacht, aber der hat umanand gsaut, na pfui deifi und koạn Pfennig Trinkgeld. Der Mann is scho dod, aber was moanas, wer da heit alles no a Geld kriagat von dem.

HOLZ Aber hier geht's um Deutschland.

SCHORSCH Des kon da Bürgermoaster von Peking oder von Rio de Janeiro sei, des is hier ein Stammtisch, und da hat a Ruß nix verlorn.

Gerhard, Horst, Sepp und Otti kommen zur Tür herein.

OTTI Was isn da los? Schorsch, was regstn dich so auf?

HOLZ Es handelt sich hier um deutsche Interessen.

GERHARD *In die Kamera.* Mir ham praktisch nach einem Kompromiß gesucht, der Schorsch is sehr hartnäckig bliebn, und ma muaß an Schorsch aa irgendwie versteh, warum soll er sich mit Leit zammhockn am Stammtisch, die wo er net kennt und vielleicht garnet mog.

Andererseits, wenn der Mann, dieser Bürgermoaster da, scho extra von so weit do her kimmt, kann ma eahm doch auch amal da hinhocken lassen und a Halbe Bier trinken lassen, des erfordert doch schon der Anstand...

Im Hintergrund geht der Streit weiter.

12. Brunnhof – außen

Die russische Delegation entsteigt unbeachtet einer großen Daimler-Benz-Limousine. Die Delegation geht ratlos zum Brunnhof, sucht etwas verloren nach der Gaststube und landet im nicht benutzten, halb dunklen Nebenraum, dem Jägerstüberl.
Dazu russische private Verständigungslaute.

13. Brunnhof – Gaststube innen

SCHORSCH Und wenn der Strauß persönlich kammat, miassat er fragn, aber der Mann verlangert des ja scho garnet, daß er sich da herhockt, weil der hat ja an Anstand.

HOLZ Aber es stehen deutsche Interessen auf dem Spiel.

SCHORSCH Des is mir wurscht, de solln se schleicha, de solln ihr Bier saufa wo's wolln, de Scheiß-Russen, aber doch net da herin.

Während Schorsch so schimpft, erscheint die russische Delegation.

THEA Obacht.

HOLZ Tach. *Springt auf, steht völlig unbeachtet stramm.*

Der St.-Öd-Bürgermeister steht auch etwas deplaziert herum.

ST.-ÖD-BÜRGERMEISTER Ja, äh, was solln i da macha? Da Otti hat mi angrufn, i soll kemma, i woaß ja net, was i da macha soll?

GERHARD Mei, grüßen.

ST.-ÖD-BÜRGERMEISTER Ja, aber dann geh i, weil i hab ja heut an Schafkopf, i bin der vierte Mann.

GERHARD *In die Kamera.* Er ko net, er muaß Kartnspuin.

ST.-ÖD-BÜRGERMEISTER Ja, gell, machts es gschwind, gschwind, gell, i hob koa Zeit.

ZITHERSPIELER Jetz mecht i wissn, obs des Lied scho kenna?

Der Zitherspieler spielt und singt – »Olga, Olga, wisch mern Arsch ab.«

THEA Ah Grüß Gott, die Herrschaften, nehmens doch Platz, hams a gute Fahrt ghabt, brauchens a Zimmer oder fahrns glei heit scho wieder?
SCHORSCH Doo hockts eich her. – Ruckiwerch!

Die Delegation lacht verklemmt.

SCHORSCH Ich gewesen Sewastopol.
GERHARD Der Schorsch kann no a paar russische Wörter, des hat dene Russen glei imponiert. S is halt immer a Vorteil, wenn ma a Sprache kann.
DOLMETSCHER Wo können wir uns bitte hinsetzen?
SCHORSCH Doo, hockts eich her.

Dolmetscher übersetzt – ab jetzt immer.

THEA Des is unser Stammtisch, da is am meisten Platz.
GERHARD So, und na ham se si hingsetzt, und dann hat der Bürgermeister a Präsent überreicht.

Bürgermeister Borisov überreicht Thea einen Mischa-Bären.

THEA Mei, des is aber nett.
GERHARD Und dann is die Begrüßerei wieder losganga.
SCHORSCH *Zum Dolmetscher.* Bist du aa a Ruß?
DOLMETSCHER Nein, ich bin Deutscher.
SCHORSCH Was duast'n nachad bei dene Schlawiner?
ST.-ÖD-BÜRGERMEISTER Sehr geehrter Herr Bürgermeister, von Moskau, glaub i . . .
THEA Was is, kriagn ma alle a Bier?
GERHARD Ja, dua a Bier her. Was is, Herr Borisov, Sie auch? Bier?
DOLMETSCHER Bevo?
BORISOV Da!
GERHARD Ja, er aa, für alle a Bier.

ST.-ÖD-BÜRGERMEISTER Mir koans, i muaß glei weiter.
SCHORSCH Paß fei auf, daß de aa zahln.
OTTI Des zahln mir.
ST.-ÖD-BÜRGERMEISTER Also sehr geehrter Herr Bürgermeister, in meiner Eigenschaft als hiesiger Bürgermeister darf ich Sie herzlich begrüßen, also ein herzliches Grüß Gott. Ich bin ja selber einigermaßen überrascht worden, Sie kennen das ja, die Amtsgeschäfte, ich muß heute noch zu einem äh, äh Musikantentreffen in Agataried.
BORISOV Sto?
DOLMETSCHER Agataried.
ST.-ÖD-BÜRGERMEISTER Ja, Agataried, genau. Ich muß leider, äh, aber noch einen schönen Aufenthalt und schöne Grüße daheim und, äh, ich darf Ihnen auch noch eine Plakette überreichen, St. Öd im Heimatwinkel.
BORISOV Stoi e koija?
DOLMETSCHER Was ist das?
SCHORSCH *Nimmt Plakette und prüft.* Des is Plastik und Email.
DOLMETSCHER Eta Plastik e Email.
BORISOV Ah Plastik Email, spassiva.
ST.-ÖD-BÜRGERMEISTER *Eilig.*
Also dann, bis zum nächsten Mal. Pfüa God.
GERHARD Was is, gehst scho?
ST.-ÖD-BÜRGERMEISTER Ja, i muaß.
GERHARD *In die Kamera.* Er hat leider glei wieder geh miassn.
THEA So, da waarn jetz die Biere, ruckts auf'd Seiten. *Serviert die Biere.* Sans sicher recht durstig von der langen Reise, Herr Bürgermoaster?

Dolmetscher übersetzt alles. Allgemeines Prost.

GERHARD Naja, dann hat endlich a jeder a Bier ghabt, und es waar dann ganz gmiatlich wordn, aber der Otti hat a Rede vorbereitet ghabt, und de hat er unbedingt loswerdn miassn. Und der Bürgermoaster hat dabei, wia wenn ma so Erdnüsse verteilt, hat der so Plaketten verteilt von Moskau und der Sowjetunion und lauter so Zeig war des.

OTTI Sehr geehrter Herr Bürgermeister Borisov, sehr geehrter Herr Staatssekretär...

GERHARD A Staatssekretär war aa dabei, Serwuchin hat der gheißn oder so ähnlich, der hat net vui gsagt, der wollt am liebsten glei wieder geh.

OTTI Wir waren ja bei Ihnen in Moskau drüben, und jetzt sind Sie hierher zu uns gekommen, mir freuen uns, daß Sie da sind, und vielleicht kommen mir mal wieder zu Ihnen hinüber. Und wenn Sie mal wieder zu uns rüber kommen sollten, würde uns das natürlich sehr freuen. Also kommens doch amal wieder herüber.

Dolmetscher übersetzt alles.

THEA Wia schaugts'n mit'n Essen aus? Meng ma was?

OTTI Bring eahm a Kasplattn mit alle Schikanen, mir zahlns.

THEA Naa, i hab was Spezielles fürn Herrn Bürgermeister vorbereitet. Kennan Sie russische Eier?

Dolmetscher übersetzt.

BORISOV Njet.

THEA Dann probiern's es amal, des is a russische Spezialität.

THEA *In die Kamera.* Is eigentlich scho erstaunlich, da kommens aus Rußland und kennan net amal russische

Eier. Da habts derweil a bisserl was zum Knabbern. *Sie stellt Salzstangerln hin.*

GERHARD Sie, die warn ganz hoaß auf die Salzstangerln. San aber aa was guats. *Er ißt selber Salzstangerln.* Wenns am Tisch san, i kannts stundenlang essn, i hör garnimmer auf, also auch beim Fernsehn und so, naa, s'is wirklich was guats. *Er ißt noch ein Salzstangerl.*

OTTI Da, weil Sie so an Spaß ghabt ham an dene Aufkleber, ham mir uns gedacht, hier ein paar Aufkleber für daheim von der Doldenbrauerei in Miesbach. Mit den herzlichsten Grüßen vom Ökonomierat Zapf und übrigens auch vom Landrat Gröbel.

BORISOV Gröbel!

SEPP Ja, Gröbel. Da hams no an Aufkleber. Auto Maier, St. Öd, kaufe jeden Gebrauchtwagen. Also russische Autos kaaf i net, aber Japaner scho.

BORISOV Ah, spassiva! *Steckt die Aufkleber ein. Beginnt mit einer russischen Ansprache.*

DOLMETSCHER *Übersetzt.* Meine sehr verehrten Damen und Herren, die internationale Völkerverständigung hat mit dem heutigen Tag einen ... *usw.*

GERHARD Jetz hat der wieder g'red, aber er hat nicht mit'n Miez grechnet ghabt.

Die Tür fliegt auf. Miez und Tochter kommen herein.

MIEZ Wo san d'Russen?

ALLE Da, hier!

MIEZ *Schnappt sich den Bürgermeister von Moskau und zu seiner Tochter:* Jetz schnell schnell, mach a Foto, oder mach glei zwoa. *Das Kind knipst zwei Mal. Miez schnappt die Polaroid-Abzüge, wartet – ungeduldig zum Bürgermeister.* Jetz paß auf, wart amal, glei kimmts ...

THEA So, da waarn jetz die russischen Eier. Des is jetz a deutscher Kaviar, also i find, der schmeckt irgendwie deftiger wia der russische, probiern's amal.

Allgemeines »Guten Appetit«. Der Polaroid-Abzug nimmt allmählich Konturen an.

MIEZ Da schau her, des bist du und des bin i. I bin der Miez von Fischbachau. Oa Foto derfst bhaltn als Erinnerung. Des andere bhalt i.
THEA Na, schmeckts?
DOLMETSCHER Schmeckts?

Borisov nickt.

THEA Gell, is amal was anders. Also i muaß sagn, der russische Kaviar, den mir der Sepp da aus Moskau mitbracht hat, der hat bei meine Gäste wenig Anklang gefunden. I habn dann ins Tiroler Gröstl nei, da hat kein Mensch was gmerkt. *In die Kamera.* Was an dem Kaviar so bsonders sei sollt, mecht i wissn. Der Curd Jürgens hat'n übrigens aa alweil mögn.

Ferstl und zwei neugierige Frauen kommen zur Tür herein.

FERSTL Wo sans jetz, de Russn?
ALLE Hier, da...
FERSTL I wollt ma's bloß amal aus der Näh oschaugn. Mir hams ja im Krieg ham mers ja alweil nur aus der Entfernung gseng, aber da ham mers ja mehr derschossn. An guatn Appetit, gell.
THEA Da, Hansi, hast a Bier. Ihr megts aa no alle?
GERHARD Ja, dua nur her.
FERSTL Aber des sog i Eahna glei, des mit dem Afghanistan...

GERHARD Geh sei staad, doch net da herin.

FERSTL Aber des mit dem Afghanistan ghört amal gsagt.

GERHARD Aber de san doch grad beim Essn.

MIEZ *Zum Dolmetscher.* Fragn amal, war er scho mal in Kanada? He du!

DOLMETSCHER Der Herr Staatssekretär?

MIEZ Naa, er, der Bürgermoaster. War er scho mal in Kanada? *Zum Bürgermeister.* Warst scho mal in Kanada? Solchene Lachse! I war da scho drei Mal beim Lachs-Fischen. *Zum Dolmetscher.* Da muaß er mal hifahrn. Oder derf er net? Sog eahm: solchene Lachse ...

THEA *Stellt einen Maßkrug hin.* So, Herr Bürgermeister, wissen S', was des is? Des is bei uns a Ruß! Mir sagn dazu Ruß! Des is Weißbier mit Zitronenlimonad, probiern S' amal.

Dolmetscher übersetzt. Bürgermeister lacht und trinkt.

GERHARD Na hat der Ruß an Russn gsoffn. Mei, des war eine Gaudi.

Alle schauen zu.

FERSTL Aber des Afghanistan ...

GERHARD Geh sei staad, jetz trinkt er doch grad.

SEPP Na, schmeckt eahm da Ruß?

DOLMETSCHER Ja, danke, gut.

GERHARD *In die Kamera.* So a Ruß is was guats, grad an heißen Tagen mog i'n bsonders.

THEA Mei, jetz hätt ich's fast vergessn, mir ham ja no an Russn bei uns. Spüler is er. Der is abghaut, net direkt Rußland, aber da ausm Osten.

SCHORSCH A Polack is er.

THEA Naa, er is mehr so a Dissident.

GERHARD Naa, a Asylant is er. I woaß, daß er a Asylant is.

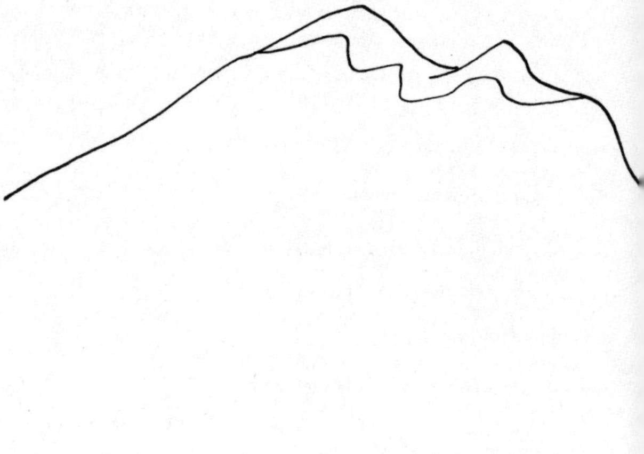

THEA Wartns, i holn amal gschwind her.

SCHORSCH Thea, wo bleibtn mei Kasbrot? *Zum Bürgermeister vertraulich.* I hob a Kasbrot bstellt, aber's is allweil no net da.

BORISOV Sto?

Dolmetscher übersetzt. Bürgermeister bietet russische Eier an.

SCHORSCH Naa, um Gods Willn. I vertrag koa Majonnäs. Da muaß i speibm.

14. Brunnhof – Küche

THEA So, Herr Tschislawski, jetz sans da. Sagns eahna halt a Gedicht auf oder irgend so was. Jetz san se da, de Russn.

Tschislawski zögert, Thea schiebt ihn in die Gaststube.

15. Brunnhof – Gaststube

THEA Er is a weng schüchtern.

GERHARD Jetz passens auf, jetzt sagt er gleich a Gedicht auf.

Tschislawski zaudert.

GERHARD Er soll drüben irgendwie a Direktor von ara Schuhfabrik gwesn sei oder sowas.

Allgemeine Zurufe an Tschislawski, Tschislawski beginnt Puschkin zu rezitieren. Der Zitherspieler spielt ›Ein Prosit der Gemütlichkeit‹. Alle trinken und prosten.
Serwuchin flüstert dem Bürgermeister ins Ohr, daß er gehen will. – Seine Abneigung der ganzen Situation gegenüber wird inzwischen immer deutlicher.

FERSTL Was is, geht a Schafkopf zamm?

SEPP Ja, i dad oan mit. Schorschi?

SCHORSCH Spuin ma oan. Miez, was is – Schafkopf?

MIEZ Naa, i muaß glei weiter.

FERSTL Gerhard, was is mit dir?

GERHARD Ja, warum eigentlich net.

Ferstl beginnt bereits zu mischen, der Bürgermeister steht auf, auf russisch laber, laber.

DOLMETSCHER Es war uns eine Freude, *usw.* ... Der Herr Bürgermeister bedankt sich für die freundliche Einladung ...

SCHORSCH Was is, gehts es scho?

THEA Aah, fahrn Sie mit der Transsibirischen Eisenbahn?

DOLMETSCHER Herr Borisov fährt nicht nach Sibirien, er fliegt nach Moskau.

THEA Ahja, genau.
FERSTL Also, wer gibt?
GERHARD Sepp, fang oo.
OTTI Da, fürn Herrn Bürgermeister, für die Heimfahrt von der Doldenbrauerei.

Überreicht zwei 6er-Pack Dosenbier.

THEA Weil ichs grad da hab, Herr Bürgermeister, da, des is a Vierfruchtmarmalad, selber gmacht für die Frau Gemahlin, und kommens halt amal wieder vorbei, vielleicht a bisserl länger.

Die Delegation steht verlegen rum.

HOLZ *steht stramm.* Auf Wiedersehen und kommen Sie gut nach Hause und glauben Sie nicht, daß alle Deutschen so sind, es gibt auch Deutsche, die sich benehmen können. *Er wird von niemandem beachtet.*
SCHORSCH Was is Noagarlzuzler, mogst net glei mitgeh? Da, den kennts mitnehma als Souvenier.
THEA Also, es seids scho unhöfliche Mannsbilder, es, also, jetz sagts doch wenigstens Wiederschaun zum Herrn Bürgermoaster.
SCHORSCH Jaja freili sowieso, also dann Ruckiwerch.
FERSTL Ruckiwerch, Hände hoch, und laßts eich amal was eifalln mit dem Afghanistan.
GERHARD Jetz sei staad, de gengan doch.

Allgemeines »Also dann, Wiederschaun« usw. Die Zither spielt »Auf Wiedersehn«.

GERHARD Ja, Sie hams gsehn, na warn die da, und nachad sans wieder gangen. Zruck nach Moskau, Flughafen Riem und nachad glei wieder hoam, – mei schad, daß i

die Grassau net hab, na dad i a Grassolo spuin, aber schauns her, da fehlt eindeutig die Grassau.

Gerhard zeigt sein Kartenblatt.

Die Delegation geht unbeachtet. Die Kartenspieler beginnen. Thea serviert, Zithermusik.

Ma kann fast sagen: Freibier ist was revolutionäres

Die Geschichte hat angefangen im Brunnhof am Stammtisch

I kimm scho!

Und nachad san mir nüber nach Moskau

A paar Fasseln Bier is uns der Ruß allweil no wert

Kennen Sie des lesn?

In dene paar Tagen sind mir ganz schee rumkomma

Roter Platz, Lenin-Mausoleum, alles da, wie ma's halt kennt von dene Bilder

Denn es er kemma, persönlich, zum Anzapfen. Dolmetscher war dabei, denn der Bürgermeister von Moskau spricht bloß russisch

Grundsätzlich

Wenns Bier nur schmeckt, dann solls recht sein

Der Berti und die andern Musiker haben nachad oan aufgespuit

Mei, der is aber nett
Ja aber in Rußland gibts aa nix anders

FAST WIA
IM RICHTIGEN LEBEN

FOLGE 13

Der Konsumverweigerer

Ein Kaufhaus-Weihnachtsschaufenster. Spielwarendekoration. In der Dekoration sitzt ein Nikolaus. Am Telefon neben ihm ein Weihnachtsengel mit einer Lichtschleife im Haar, wo Glühlampen der Reihe nach blinken. Um die beiden fährt eine elektrische Eisenbahn regelmäßig im Kreis herum. Vor dem Schaufenster ist das andere Ende der Telefonleitung. Herr Ranftl, der Nikolaus, telefoniert gerade mit einem Kind.

RANFTL So so, du willst also dieses Spacemonster. Willst du den Skelleton oder den Captain Djuri? *Er hebt beide hoch.*

KIND *Deutet auf Skelleton.* Den da.

RANFTL *Führt Skelleton vor, dabei zum Kind.* Jaa, da machst du ein Kreuzchen auf der Kinderland Weihnachtspostkarte, und wenn dann deine Mami noch unterschreibt, kann es durchaus sein, daß das Christkind an dich denkt und dir diesen schönen Skelleton hier...

Die Mutter unterschreibt, sieht sich um. Der Engel nimmt ein Mikrophon. Über Lautsprecher nach draußen:

ENGEL In die Rohrpost bitte. Zahlung ist dann per Nachnahme.

Die Mutter entdeckt den Rohrpostschlitz. Die unterschriebene Rohrpostkarte landet beim Engel. Der Engel wirft sie in einen Karton.
Herr Sobotka, Geschäftsführer, schaut von hinten in die Dekoration.

SOBOTKA Alles in Ordnung, Herr Ranftl?
RANFTL Ja, es geht zach. Erstaunlich wenig Kinder unterwegs.
SOBOTKA Naja, machen se mal. Wo ist die Musik?

Der Engel dreht die Kinderchorweihnachtsmusikkassette um. Ein Kind steht vor der Auslage. Der Nikolaus hebt den Hörer ab. Draußen klingelt es. Das Kind hebt ab.

RANFTL Jaa, hier spricht der Nikolaus. Wie heißt denn du kleiner Mann?

Die Mutter zerrt das Kind vom Telefon weg, der Hörer baumelt am Boden.

ENGEL *Steht auf, ruft nach hinten.* Herr Sobotka, Herr Sobotka! As Telefon …

Eine Mutter mit zwei Kindern, eins im Kinderwagen, steht vor der Auslage.

ENGEL *Nimmt das Mikrophon. Über Lautsprecher* Gnä Frau, sins bitte so freundlich und gebns der Kleinen den Telefonhörer.

Die Mutter gibt dem Kind den Hörer.
Sobotka taucht auf, sieht nach und verschwindet wieder.

RANFTL Jaa, grüß dich, meine Liebe, hier ist der Nikolaus. Wie heißt du denn? – Hast du schon deinen Wunschzettel für das Christkind fertig? – Schau doch mal her, was das Christkind alles für dich bereithält. Hier eine Puppe, die kann sprechen …
DIE PUPPE *Quäkt.* Mami – Mami – Mami.

Ein Passant mit einem riesigen Köter bleibt neben dem Telefon stehen. Das Kind erschrickt.

KIND Mami, Mami ...

Die Mutter bringt ihre beiden Kinder in Sicherheit, der Telefonhörer baumelt wieder.
Im Idealfall entleert der Hund ans Schaufenster.

ENGEL Herr Sobotka! Herr Sobotka!

Zwei Handwerker tragen eine riesen Spanplatte, lehnen sie ans Schaufenster. Fast die gesamte Dekoration ist abgedeckt. Ein Handwerker vergleicht Adresse mit Lieferschein. Der andere ißt den Rest seiner Wurstsemmel. Der Nikolaus und der Engel verschwinden hinter der Platte.

ENGEL Herr Sobotka! Herr Sobotka! *Man hört über Lautsprecher:* Hallo! Sie! Sie können doch hier nicht ...

Die Handwerker schauen sich um und gehen weiter. Eine Sequenz von eiligen Passanten. Keiner nimmt vom Schaufenster Notiz.

RANFTL *Zum Engel.* Wieviel ham'n bisher unterschrieben, Frau Leber?
ENGEL Acht.
RANFTL Net mehr?
ENGEL Nee, Acht.
RANFTL Nie wieder auf Umsatzbeteiligungsbasis!

Ein Straßenmusikant hat vor dem Schaufenster Stellung bezogen und spielt auf einer Mundharmonika ›Die Bergkameraden‹ gegen das ›Süßer die Glocken nie klingen‹-Kinderchorgesänglein.

RANFTL Ja spinnt der? Was machtn der da? Frau Leber, Sie ...

ENGEL Herr Sobotka! Herr Sobotka!

Eine Oma mit Kind bleibt vor der Auslage stehen.

ENGEL Gnä Frau, sind Sie doch bitte so nett und gebns dem Kind den Telefonhörer.

Die Oma sucht.

ENGEL Rechts! Da, ja!

Die Oma greift den Hörer und gibt ihn dem Kind.

RANFTL Jaa grüß dich, hier spricht der Nikolaus. Wie heißt du denn? – Weißt du schon deinen Namen?

KIND Ja!

RANFTL Und weißt du auch, wer ich bin?

KIND A Kaufhaus-Nikolaus.

RANFTL *Etwas gekränkt.* Hhmm, ja, schön. Jetzt schau dir doch mal in Ruhe an, was dir der Nikolaus an schönen Spielsachen hier aufgebaut hat. Gefällt dir da was davon?

KIND Naa ...

RANFTL Aha ja aber – schau doch mal da dieser schöne Bagger. Da kannst du die Schaufeln auswechseln und richtig im Sandkasten baggern. Hast du schon mal dran gedacht, dir so einen zu wünschen?

KIND Naa ...

RANFTL Interessierst du dich für Flugzeuge?

KIND Naa ...

RANFTL Oder ganz was anderes. Schau mal, das ist ein Mikroskop für den jungen Forscher. Da kannst du Fliegenbeine vergrößern oder Käfer. Na, wär das was?

KIND Naa ...

RANFTL Weißt du was, junger Mann, gib mir doch mal deine Omi. *Kind hält Oma den Hörer hin. Oma am Hörer.* Guten Tag, Gnä Frau! Sind Sie die Tante oder die …

OMA Ich bin die Oma.

RANFTL Er hat ja seinen Namen noch gar nicht …

OMA Olaf heißt er.

Ein schwer Betrunkener lehnt sich ans Schaufenster und forscht in sich hinein, ob er oben oder unten entleeren soll. Dabei öffnet er unentschlossen sein Hosentürl.

ENGEL *Entsetzt.* Herr Sobotka! Herr Sobotka! Schnell!

RANFTL Liebe Oma, Sie kennen doch Ihren Olaf ein bisserl besser. Was macht ihm denn am meisten Spaß?

OMA Er liest halt gern.

RANFTL Soso, lesen tut er. Natürlich haben wir auf unserem Kinderland-Deck auch wunderschöne Kinderbücher. Aber vielleicht interessiert er sich doch für das eine oder andere hier in unserem Schaufenster-Weihnachtsbasar?

OMA Olaf, gfällt dir da was von dene Sachen?

KIND Naa …

Der Betrunkene will sich inzwischen für die Entleerung von oben entschließen und lehnt sich mit beiden Händen ans Schaufenster.

ENGEL *Panisch.* Herr Sobotka! Herr Sobotka! Schnell!

Sobotka schaut über den Dekorationsrand und rennt los.

SOBOTKA Ach du grüne Neune!

OMA Kannst es fei ruhig sagen, Olaf. Soll dir es Christkind eins von dene Sachn bringen?

KIND Naa …

Oma *Ins Telefon.* Ich weiß auch net, was er grad hat.

Engel Vielleicht an Chemieworker...

Ranftl Gems'n mir doch mal gschwind rüber. *Engel reicht den Chemieworker.* Gnä Frau, darf ich noch mal mit dem kleinen Olaf?

Die Oma gibt den Hörer an Olaf. Sobotka verjagt den Betrunkenen.

Ranftl Olaf, schau her, da haben wir einen Chemiebaukasten, da kannst du daheim richtige Explosionen veranstalten, des wär doch was für dich.
Oder – was seh ich da, Olaf, weißt du, was das ist? Eine richtige Dampfmaschine, die geht echt mit Dampf. Willst du so was?

Kind Naa...

Sobotka kommt vorbei. Beugt sich zum Kind herab und deutet auf ein Spielzeugauto.

Sobotka Das da, junger Mann. Ein echter Porsche mit Fernbedienung.

Die Oma beugt sich von der anderen Seite herab.

Oma Oder da, des Flugzeug...

Sobotka geht weiter und zuckt zum Nikolaus mit den Achseln. Oma nimmt dem Kind den Hörer aus der Hand.

Oma Also, Sie hams ja selber gsehn Herr Nikolaus. Es hat kein Sinn mit dem Olaf. Des tut mir richtig leid, aber... Also dann, schöne Feiertage! *Hängt ein.* Komm Olaf, gehn mer.

Die beiden gehen. Ein paar Fußballfans passieren lärmend das Schaufenster. Dann kommt ein Nikolaus, schaut in die Auslage, grüßt flüchtig und geht.
Passanten, die sich nicht für das Schaufenster interessieren.
Ein junger Mensch verteilt ein Flugblatt.

ENGEL Herr Sobotka! Herr Sobotka!
SOBOTKA *Spitzt über den Dekorationsrand.* Ach ja...
RANFTL Sie, Frau Leber, eana Ding laßt nach...
ENGEL Was?
RANFTL *Deutet auf Lichterkranz am Kopf.* As Ding...
ENGEL *Nimmt den Lichterkranz ab.* Ahja, d'Batterien.

Sobotka verjagt den Flugblattverteiler.
Der Engel holt zwei Batterien aus der Handtasche und wechselt die Batterien aus. Der Lichterkranz zirkuliert wieder im neuen Glanz.

RANFTL Des mit der Beteiligung war echt a Fehler.

Der Betrunkene wankt wieder an die Scheibe und stützt sich mit beiden Händen in eindeutiger Absicht ans Schaufenster.

ENGEL *Aufgeregt.* Herr Sobotka! Herr Sobotka! Schnell!
RANFTL Schauns sich diese Sau an.

Der Betrunkene würgt.

ENGEL Schnell! Herr Sobotka! Schnell! Schnell!

Der Betrunkene würgt.

ENGEL Herr Sobotka! Herr Sobotka! *Über Mikro an den Betrunkenen.* Sie da draußen, schauns daß weiterkommen! *Ohne Mikro.* Herr Sobotka!

Der Betrunkene schaut nach oben ins Schaufenster und vollzieht die lang ersehnte Entleerung.
Sobotka spitzt zwischen Nikolaus und Engel über den Dekorationsrand. Der Kinderchor beginnt mit einem neuen Weihnachtslied.

Die Vernissage

Empfangshalle in einem Schloß oder Palais bzw. eine große Kunsthalle.
Bilder, Plastiken und Kunstobjekte sind im Raum verteilt. Dezenter Blumenschmuck. Vernissage-Publikum in Grüppchen verteilt. Diskretes Service-Personal. Ein kaltes Buffet. In der Mitte, durch eine Absperrung vom restlichen Raum getrennt, ein abgedecktes Objekt. Daneben ein Rednerpult, ein Festredner, der gerade eine Ansprache hält. Auf einem Podest ein Knabenchor und ein Streichquartett. Vereinzelte Neuankömmlinge. Eine Empfangsdame, die diese geschmackvoll zu bereits vorhandenen Gästen dazu arrangiert.

FESTREDNER ... die Beherrschung der Technik, meine Damen und Herren, ist ein uralter Menschheitstraum. Und es waren nicht die schlechtesten Köpfe, die – seitdem der Homo sapiens im Banne steht – des Perpetuum mobile. Ein Leonardo da Vinci hat sich selbst Zeit seines Lebens nie als Künstler gesehen, sondern als Techniker, meine Damen und Herren, als Ingenieur, als unruhiger Geist, dessen Visionen von seinen Zeitgenossen belächelt wurden – nicht genügend estimiert sozusagen. Kunst und Bewegung oder Bewegung in der Kunst. Fliegen, ein uralter Menschheitstraum. Die Überwindung der Schwerkraft. Dieser atemberaubende Begriff von Leichtigkeit, die in der Natur vorgegebene verblüffende Einfachheit bei unglaublich raffinierter Komplexität. Die überraschende Simplizität der sich abzeichnenden optimalen Lösung führt uns zu dem Begriff, der uns heute an diesem Ort zusammengeführt hat, meine Damen und Herren. Die neue Souveränität. Unser Beitrag – und sicherlich auch ein Manifest für den Aufbruch ins nächste Jahrtausend.

Festredner verbeugt sich. Dünner Applaus. Knabenchor singt ›Im Frühtau zu Berge‹.

FESTREDNER *Geht auf einen älteren Herrn zu.* Aah, sieh da, mein lieber Konsul. So trifft man sich. Wir waren doch das letzte Mal – hab ich Sie nicht in Windhoek...

KONSUL Ich glaube, Sie meinen Kapstadt.

FESTREDNER Ach ja richtig, in Kapstadt, natürlich ääh, sind Sie noch in Den Haag?

KONSUL *schüttelt den Kopf.* Ankara...

EMPFANGSDAME *führt eine unscheinbare Person zu einem Small-talk-Grüppchen.* Herrschaften, darf ich vorstellen. Professor Maibach, unser neuer Mann in Delhi.

MAIBACH Ich war aber auch lange in Ägypten.

EMPFANGSDAME Ach ja, das muß ja sicher interessant gewesen sein. Sie waren ja lange in Ägypten.

MAIBACH Ich bin dann aber doch nach Delhi.

EIN GAST Und, was spricht man so in Delhi?

MAIBACH Solala, je nachdem.

Ein anderes Small-talk-Grüppchen.

GAST 1 Ich sage zu Dr. Züstler – da bemühen wir uns im Windkanal um Bruchteile hinterm Komma, das macht sich doch erst bei Tempo 200 erst richtig bemerkbar. Was nutzt uns das stromlinienförmigste Auto bei fast Stillstand auf der Autobahn.

GAST 2 Vollkommen Ihrer Meinung. Hier kosten Sie mal diesen Fruchtsalat, da is irgendein Gewürz drin.

GAST 1 *Nimmt einen Löffel.* Ingwer.

EMPFANGSDAME Darf ich vorstellen – das ist Professor Schlauch. Prof. Schlauch geht gerade nach Brasilien.

GAST 1 Ah, Brasilien ...

SCHLAUCH Ich hätte schon voriges Jahr nach Brasilien gehen sollen.

GAST 2 Jaja, Brasilien, überhaupt Süd-Amerika.

EMPFANGSDAME Da haben Sie vollkommen recht, ich darf die Herrschaften einstweilen ... *Sie geht wieder.*

EMPFANGSDAME Meine Damen und Herren, bevor wir nun zum offiziellen Teil unseres kleinen Beisammenseins kommen, bleibt mir nur noch das Vergnügen, den Gesamtleiter unseres Projektes, Herrn Professor Dr. Langärmel, vorzustellen.

FESTREDNER *Schüttelt Langärmel die Hand.* Im Namen des Vorstandes und der Direktion meinen Dank für Ihren innovativen, visionären Einsatz an unserem Projekt, für Ihren unerschütterlichen Glauben an die Machbarkeit von Zukunft.

Dünner Applaus. Die Empfangschefin reicht Herrn Langärmel eine Urkunde. Disco-Musikeinsatz. Vier Ballettmiezen hoppeln in den abgesperrten Bereich, und nach ein paar Tanzschritten haben sie sich an den vier Ecken des Objektes postiert. Sie heben nun langsam, feierlich, zu einem bombastischen Wagner-Ouvertüren-Motiv das Abdecktuch und entfernen sich. Hinter dem Tuch wird ein neuer 12-Zylinder-Motor sichtbar. Der Festredner schreitet zu einem Marmorsockel, die Empfangsdame reicht auf einem Samtkissen einen goldenen Schlüssel. Gleichzeitig schwebt hinter dem Motor ein Transparent hoch mit der Aufschrift ›Die Neue Souveränität‹. Der Festredner steckt den Schlüssel in den Sockel.

FESTREDNER Meine Damen und Herren. Mit der Fertigstellung dieses 12-Zylinder-Aggregates hat ein neues Zeitalter begonnen.

Der Festredner dreht einen Zündschlüssel, der Motor läuft. Alle lauschen einen Augenblick gespannt dem Motorgeräusch des 12-Zylinders. Die Empfangsdame animiert zu einem Applaus. Allgemeiner Applaus. Einsatz Streichquartett.

Eine Liebesheirat

Armin Eberspichler und Elvira Güsendorf-Bellinghaus sitzen bei Notar Dr. Rötenbeck. Rötenbeck verliest gerade eine vorbereitete Notariatsurkunde.

RÖTENBECK ... Das Nutzungsrecht am gemeinsamen Wochenendhaus am Bügelsee, Flur-Nr.: 1503 Schrägstrich 7 am Goaspichl fällt einvernehmlich im Verteilungssschlüssel 50:50 an beide Parteien. Kosten und Nutzen werden von beiden Parteien zu gleichen Anteilen übernommen. Benutzung und Verweildauer kann nach einer noch zu bestimmenden Quotenregelung variieren, ohne daß den nutznießenden Vertragspartnern zusätzliche Kosten entstehen.

EBERSPICHLER Sie, Herr Notar, da fehlt no, da hams was vergessen, äh wegen meinem Hobbywerkzeug...

RÖTENBECK Warten Sie doch ab, kommt doch noch. Ausgenommen von dieser Nutzungsregelung sind die im Privatbesitz von Herrn Armin Eberspichler befindlichen Heimwerkergeräte, siehe in Anlage römisch drei – Inventarsondernutzungen Absatz 17 aufgeführt...

EBERSPICHLER ... und meine Angeln.

RÖTENBECK ... sowie 5 Angelruten nebst Fischerei-Zubehör.

EBERSPICHLER Des san hochempfindliche Geräte.

GÜSENDORF Geh, das rührt doch kein Mensch an.

EBERSPICHLER *Scharf.* Ja, mach mer jetz an Vertrag oder mach mer keinen?

GÜSENDORF Ist ja gut, wir machen an Vertrag.

RÖTENBECK Frau Güsendorf-Bellinghausen, ich glaube,

beim Gesamtumfang des Vertragswerkes spielt dieser kurze Passus wohl mehr eine periphere Rolle.

GÜSENDORF Ja, d'accord, ich sag ja gar nichts mehr, d'accord.

RÖTENBECK Eine vollständige Inventarliste sämtlicher Gegenstände des gemeinsamen Hausstandes ist von beiden Parteien einverträglich erstellt worden. Beide Seiten akzeptieren die laut Inventarliste vom 17. 5. aufgeführten Eigentumszuweisungen. Wenn Sie hier bitte nochmals überprüfen wollen?!

Rötenbeck reicht Eberspichler und Güsendorf-Bellinghausen je eine Liste. Beide prüfen die Listen. Man hört aus dem Warteraum nebenan ein erregtes Geräusch, das sich zur Ruhestörung steigert. Rötenbeck drückt auf einen Knopf. Eine Sekretärin erscheint.

RÖTENBECK Fräulein Kogliumzelis, bitte sehen Sie doch mal nach, die Herrschaften mögen sich ein bißchen mäßigen.

Während Kogliumzelis durch die Tür geht, versteht man für einen Augenblick das Geschimpfe.

OFF Du ruachade Sau, i drah der d'Gurgl ab ... Gscherter Büffel, halts Mäi ...

Der Lärm rumort noch einen Augenblick nach, dann wieder Ruhe. Kogliumzelis kommt wieder und verschwindet diskret in ihrem Büro.

GÜSENDORF Nana, na, nein, diese Liste stimmt ja hinten und vorne nicht. Das silberne Teeservice gehört ausschließlich mir, einschließlich Chinoise. Des hat mir mein zweiter Mann damals in Kopenhagen kauft. Des is mein Teeservice, komplett. Nur meins.

RÖTENBECK Gnä Frau, lassen Sie uns doch einstweilen die restlichen Punkte abklären. Sehen Sie sich die Liste in Ruhe durch, und dann sehen wir weiter.

GÜSENDORF Aber das Teeservice gehört ausschließlich mir!

RÖTENBECK Also – ergänzend zur gegenseitigen Nutzungsüberlassung wird vereinbart, daß bei Schäden in Folge von Benutzung am im Vertrag aufgeführten gemeinsamen Hausrat, speziell Gläsern, Keramik, Geschirr nach dem Verursacherprinzip im Sinne der Haftpflichtordnung BGB, in vollem Umfange der Neuwertbeschaffung vom Schadensverursacher allein zu ersetzen sind. Schäden durch Eigentumsüberlassung an Dritte trägt der Überlasser alleine zugunsten des Geschädigten.

GÜSENDORF Des muß aber auch mit einer Versicherung abgedeckt sein.

RÖTENBECK Richtig, gnä Frau, beide Seiten erklären, über eine ausreichende Haftpflichtversicherung zu verfügen und diese aufrecht zu erhalten für den Zeitraum der Vertragsdauer. Herr Armin Eberspichler verpflichtet sich, eine Lebensversicherung in Höhe von DM 200 000...

GÜSENDORF Des is a bisserl wenig. Schreiben se 250 000 rein.

EBERSPICHLER Mir kanntn's auch genauso dynamisch anpassen.

GÜSENDORF Schreibens 250 rein.

Rötenbeck schaut Eberspichler an.

EBERSPICHLER Ja, schreibens 250 rein.

RÖTENBECK Also – Herr Eberspichler verpflichtet sich, eine Lebensversicherung in Höhe von 250 000 D-Mark ausschließlich zugunsten von Frau Elvira Güsendorf-

Bellinghausen abzuschließen und oben aufgeführte Versicherung im Falle seines Ablebens von jedweden Ansprüchen sämtlicher sonstiger Rechtsnachfolger seinerseits freizuhalten.
Frau Elvira Güsendorf-Bellinghausen verpflichtet sich, eine Lebensversicherung in Höhe von...

GÜSENDORF *Unterbricht.* Naa, ich mach keine Lebensversicherung. Wie komm ich denn dazu. Es war vereinbart...

RÖTENBECK Ja aber...

GÜSENDORF Nein! Nein!

Rötenbeck schaut die beiden ratlos an.

EBERSPICHLER MachenS' weiter.

RÖTENBECK Beide Seiten willigen in eine Versorgungsanwartschaftsbefreiung der Angehörigen der jeweiligen Gegenpartei ein in Ergänzung der allgemeinen gesetzlichen Erblaßverpflichtungsklauseln.

EBERSPICHLER Äh, wie, wie war des?

RÖTENBECK Sie müssen nicht für die Angehörigen von Frau Güsendorf-Bellinghausen aufkommen.

EBERSPICHLER Ah ja.

GÜSENDORF Aber ich für seine fei auch nicht!

EBERSPICHLER Des hat ja auch kein Mensch verlangt.

GÜSENDORF Weiter!

RÖTENBECK Beide Seiten verpflichten sich, zur standesgemäßen Aufzucht und Ausbildung der gemeinsamen Kinder einen Kindererziehungsfond zu erstellen und zu paritätischen Anteilen bis zum Ausbildungsabschluß sämtlicher Kinder aufrechtzuerhalten.
Äh, wieviel Kinder sind bitte davon betroffen?

EBERSPICHLER Gar keine.

GÜSENDORF Wieso? Wir sind doch noch gar nicht...

Der Lärm im Gang wird wieder unerträglich.

RÖTENBECK Fräulein Kogliumzelis, bitte würden Sie sich noch mal ums Foyer kümmern.

Kogliumzelis geht.

RÖTENBECK Die Herrschaften mögen sich doch bitte ein bißchen mäßigen.

Kogliumzelis geht hinaus in den Gang. Man versteht kurz:

OFF Ausgschamter Lump, Dreckschleuder, *usw.*

RÖTENBECK Kommen wir zum letzten Punkt, auf den Herr Eberspichler so großen Wert gelegt hat. Es liegt eine eidesstattliche Erklärung der Eltern von Frau Elvira Güsendorf-Bellinghausen vor zur Kostenübernahme der durch den Vollzug der zivilrechtlichen Statusänderung nach BGB entstandenen Kosten nebst daraus entstandenen Nachfolgelasten. Auf gut Deutsch: Die Brauteltern finanzieren Hochzeit plus Hochzeitsreise.

Kogliumzelis kommt zurück.

RÖTENBECK Sagen Sie mal, was ist denn da ständig los?

KOGLIUMZELIS A Gütertrennung!

RÖTENBECK Ähm, apropos die Notarkosten gehen zu Lasten von ...?

EBERSPICHLER *Deutet auf Güsendorf-Bellinghausen.* Sie –

GÜSENDORF Nein, nein! Beide!

EBERSPICHLER Jaa, sie wollte ja den Vertrag.

GÜSENDORF Du hast genausoviel davon. Mir ham ausgemacht, wir stellen unsere Ehe auf ein solides Fundament.

Schaun Sie, schon so viele Ehen sind wegen dem blanken Materialismus der Partner zerbrochen. Solche Faktoren muß man von vornherein ausschließen. Es soll ja ne reine Liebesheirat werden – ham wir gesagt.

EBERSPICHLER Wissen Sie, mir ham uns halt gedacht, daß der im Augenblick bestehende Zuneigungsrahmen nicht gefährdet wird.

Im Bauernmuseum

Vor einem historischen Bauernhof im Freilichtmuseum demonstrieren Frau Cyslavski und Herr Lechner handwerkliches Können aus dem 18. Jahrhundert.
Frau Cyslavski sitzt vor einem Wassertrog und wäscht altes Leinen und legt es zum Bleichen aus, aber immer nur, wenn Besucher da sind.
Herr Lechner drischt mit wenig Begeisterung einen Haufen Stroh.
Besucher Heinz Voss aus Schwartau mit Ehefrau Karolin und Tochter Wilma beobachten die beiden.

VOSS Kuck mal, Karolin, wie sich die Leutchen damals plagen mußten.
Also wenn du mir noch einmal über das bißchen Wäsche jammerst. *Er schaut in seinen Plan.*

VOSS *zu Lechner.* Ach sagen Sie mal, guter Mann, wo ist denn hier das historische Korbflechten und Töpfern? Wo findet das statt?

LECHNER Da links drüben, unten beim 15. Jahrhundert.

VOSS Vielen Dank. Kommt Kinders!

Familie Voss geht. Cyslavski stellt einen Augenblick die Arbeit ein.

CYSLAVSKI Sie, Herr Lechner, is heit überhaupt a Korbflechten? Der Herr Döderlein is doch krank. Der is doch zum Urologen.

LECHNER Ja, des ganze Spätmittelalter is geschlossen.

CYSLAVSKI Und d' Steinzeit auch, weil d' Fräulein Rösner hat gekündigt.

LECHNER Äh, des werd er dann scho merken.

CYSLAVSKI Wie spät ham mers denn?

LECHNER *Schaut auf die Uhr.* Ja, mir hams bald.

CYSLAVSKI Ham sie am Samstag ›Schreie aus dem Jenseits‹ aufgezeichnet?

LECHNER Na, ich habs a so gsehn.

CYSLAVSKI Ich hab mers aufgezeichnet, aber die ham davor mit ihrm Tennis hams wieder amal dermaßen überzogen ...

LECHNER As Tennis war schwach.

CYSLAVSKI Un grad wie dann die Leiche da aus dem Speicher zrückkommt, hats abgschaltet. Wie isn des nausganga?

LECHNER Da Australier hat gwonnen.

CYSLAVSKI Naa, im Film.

LECHNER Ahso ja, er hat sie dann vergift. War aber schwach.

CYSLAVSKI Glaumses, des is mir jetz scho a paarmal passiert. Die mit ihrm Sport – immer wenns am spannendsten is, hörts auf, weils davor so überziehn. Ich programmier jetz ja eh scho immer a paar Minuten länger.

LECHNER Ja, des kann mir jetz nimmer passiern, weil ich hab jetz an Video von dieser neuen Generation. Da wenns was einspeichern ...

Er hört auf. Beide arbeiten wieder. Zwei Japaner kommen und knipsen und gehen.
Lechner und Cyslavski stellen die Arbeit wieder ein.

LECHNER Wissens, diese neue intelligente Recorder-Generation arbeitet mit'm digitalen Subcode. Da strahlen die beim Fernsehen dann so an Impuls mit aus und dann fangts immer erscht an, wenns los geht.

CYSLAVSKI Is scho gigantisch, was ma heut so alles

machen kann. Naja, i versteh eh nix davon. Äh, wie spät isn jetz?

LECHNER Der werd glei kommen.

CYSLAVSKI Also des war halt a Vorteil, wo ich noch bei der Südbremse garbeit hab. As Kantinenessen. Ma hat halt gwußt, Punkt Zwölfe gibts was zum Essen.

Familie Voss kommt zurück.

VOSS Das gesamte Frühmittelalter und Steinzeit sind ja zu...

CYSLAVSKI Ja, da is wer krank worn.

LECHNER Der Höhlenmensch is beim Urologen.

CYSLAVSKI Steinzeit is bis zum Wochenend gschlossn.

VOSS Ahso ja, äh, könnten Sie noch mal mit Ihrem Werkzeug da etwas mehr zu mir...?

LECHNER Sie, am Eingang gibts fei a Postkarten.

VOSS Nein danke, ich mach mir meine eigenen Bilder. Und Sie, gnä Frau, wenn Sie etwas mehr gebeugt... Soo ja... *Er knipst.* Äh hallo, Sie ham ja noch ihre Uhr an. Das ist historisch ungenau. Können Sie die bitte mal entfernen?! *Lechner nimmt seine Uhr ab.* So und jetz weiterarbeiten, ja, so is gut. Das mach ich noch auf Video, 'n super Motiv. Ach Karolin, kannst du mal dazu – Moment, halt Karolin, nein, nein, stop. Ham wir noch ne Kassette im Auto? Die Kassette hier is aus. Die beiden hier wärn ein super Zwischenschnitt vor der historischen Eisenbahn. Das sollten wir vielleicht doch mitnehmen. Wir kommen noch mal, bis gleich.

Familie Voss geht wieder ab.

LECHNER Herrschaft, wenn der Döderlein net kimmt, sieg i's scho kommen, na muß ich an Höhlenmenschen a no machn.

CYSLAVSKI Bei der Südbremse habens auch immer Spitzen-Nachspeisen ghabt. Amal an Creme Karamel oder auch amal a Sorbet.

Ein Museumswärter kommt mit einer großen Plastiktüte.

WÄRTER So – Mittag – Mahlzeit! Ich habs aufgschribn, wer was zahlt.

Der historische Schmied kommt dazu und kramt in der Tüte.

SCHMIED I hab den Dubbelburger ohne Sesam.
WÄRTER Is scho alles drin.
SCHMIED Ahja, da. Mahlzeit!
WÄRTER Mahlzeit!
LECHNER Mahlzeit!

Schmied breitet sich mit Lechner auf dem Tisch aus. Cyslavski geht noch ins Haus und kommt mit einer großen Ketchupflasche zurück.

LECHNER Aah, des tut gut.
CYSLAVSKI Gell, der Ketchup mit Schaschlikcurry is a Gewinn.
LECHNER Ja, der is irgendwie aromatischer.

Familie Voss kommt mit der Videokamera zurück.

VOSS So, da wären wir. Äh, Verzeihung, könnten Sie vielleicht noch mal da an Ihrem Arbeitsgerät...
LECHNER *Mit vollem Mund.* Naa, Sie sehn doch...
CYSLAVSKI Mir ham grad Mittag!

Voss schaut in seinem Prospekt.

VOSS Jaa, da nehm ich Sie eben beim Tafeln auf, wenn Sie nichts dagegen haben? *Zur Tochter.* Wilma, Karolin – stellt euch mal eben dazu.

LECHNER Nana, Sie, des is unser privates Mittag. Die historische Mahlzeit is um 14 Uhr.

CYSLAVSKI Bei der Rapsmühle, gleich neberm Parkplatz.

Der Ensemble-Schutz

Gerda Sawitzki bepflanzt gerade ihre neu gebaute Pergola mit wilden Weinpflänzchen. Eine Nachbarin am Zaun, Frau Strasser, evtl. mit Fahrrad, schaut zu. Die Kinder spielen im Garten.

SAWITZKI ... und da drüben an dem Pfeiler pflanz mer vielleicht noch an Knöterich. In zwei Jahren wächst der mit'n Wilden Wein zam. Dann blühts es ganze Jahr. Erst die Clematis, dann der Knöterich und dann der Wilde Wein.

NACHBARIN Ja, es is wirklich sehr schön worn.

SAWITZKI Auch bei Regen kann mer jetz im Freien a bisserl sitzen bleibm, am Abend wirds net so schnell kalt – i sags Ihnen, Frau Strasser, des war wirklich die beste Idee, die mein Mann seit Jahren ghabt hat.

NACHBARIN Ja, so a Pergola, des war schon was. Mir hams uns ja auch scho überlegt. Also Wiederschaun Frau Sawitzki!

SAWITZKI Wiederschaun Frau Strasser! *Zu einem Kind, das an der Pergola herumklettert.* Sven, obacht! Ich weiß fei net, ob die Farb scho ganz trocken ist.

Herr Baller, ein Beamter, läutet.

SAWITZKI Ham Sie gläutet?

BALLER Ja!

SAWITZKI Kommens ruhig rein, s'is offen.

BALLER Ich such den Herrn Sawitzki.

SAWITZKI Mein Mann is net da.

BALLER San Sie die Frau Sawitzki?

SAWITZKI Ja, warum?

BALLER Mein Name ist Baller von der Lokalbaukommission. Ich komme in einer dienstlichen Angelegenheit.

SAWITZKI Kann ich Ihnen da auch weiterhelfen?

BALLER Sie müßten da nach meinen Unterlagen eine Art Pergola errichtet haben ...

SAWITZKI Ja, hier. Da schauns doch! Is noch net ganz fertig, aber mir benutzens schon.

BALLER Schaun Sie, hier ist mein Ausweis. Äh – Frage: Ham Sie da eine Baugenehmigung?

SAWITZKI Äh – wieso?

BALLER Sie haben da einen Baukörper erstellt, der der Genehmigung bedarf.

SAWITZKI Aber des san doch nur ein paar Steckerl mitm Dacherl drauf ...

BALLER Ja genau. Durch das Dach handelt es sich um umbauten Raum, der genehmigungspflichtig ist.

SAWITZKI Ja des hat uns doch kein Mensch gsagt – Doris, gehst da raus aus de Pfingstrosen!

Ein Kind spritzt Herrn Baller mit einer Spritzpistole an.

SAWITZKI Hör halt auf mit dem Schmarrn, Reinhard ...

BALLER Lassens ruhig, s'san halt Kinder. Äh, Frau Sawitzki, ich mach Sie darauf aufmerksam, daß dieses nicht genehmigte Bauvorhaben den Belangen des Umweltschutzes und des Landschaftsschutzes entgegensteht und nicht dem Ensemblecharakter der hiesigen Bauordnung hier im Innenbereich entspricht.

SAWITZKI Machens sich doch nicht lächerlich! Die Pergola, die sigt scho gar koa Mensch, und außerdem schaut des Haus jetz mit Pergola viel netter aus wie vorher. Was meinens, wenn des erst bepflanzt is.

BALLER Des kann scho sein, die tragenden Teile könnens

ja stehn lassen, wenn Sie das Dach innerhalb von 14 Tagen entfernen, is für uns der Fall erledigt.

SAWITZKI Aber schauns doch selber – ohne Dach is doch die ganze Pergola ein Schmarrn.

BALLER Im Falle der Zuwiderhandlung mach ich Sie darauf aufmerksam, daß Sie mit einem Bußgeld von DM 3000,– zu rechnen haben. Sollten Sie dann Ihrerseits immer noch auf der Weigerung bestehen, müssen Sie mit einem Zwangsabbruch auf Ihre Kosten rechnen. Des wird fei ganz schön teuer, Frau Sawitzki.

SAWITZKI Ja Sie – jetz muß ich direkt scho amal dumm fragen, da schauns amal und sowas da ... *Sie deutet auf ein paar häßliche Industriebauwerke* ... des derf gebaut werden, sowas werd genehmigt, des stört an Ensemblegeist net, und Ihre Belange vom Landschaftsschutz und dem Schmarrn.

BALLER Frau Sawitzki, erstens könnens davon ausgehen, daß diese Gebäude alle ordnungsgemäß genehmigt san ...

SAWITZKI Ja, des glaub ich Ihnen sofort, sie ... sie ... *Sucht nach einem passenden Schimpfwort.*

BALLER Und zweitens kämen die sicher niemals auf die Idee, da eine überdachte Pergola wild aufzustellen. Des tät ja auch garnet dazupassen.

Der Original-Schauplatz

Hans und Roswitha Böhm mit Sohn Heinz-Rüdiger sind im Auto unterwegs. Autoradiomusik. Der Wagen fährt auf eine Unfallstelle zu. Ein Polizist winkt. Ein Abschleppwagen hat einen über die Böschung gekippten PKW angeseilt. Der PKW raucht noch. Ein Motorrad liegt auf der Fahrbahn. Ein Rotkreuzwagen, Sanitäter laden einen Verletzten ein. Eine Bahre steht neben dem Motorrad. Unter einer Decke schauen zwei Motorradstiefel raus. Ein Feuerwehrzug, ein LKW vom technischen Hilfswerk rangiert. Zwei Polizisten messen eine Bremsspur. Feuerwehrleute decken Ölspuren ab. Hans bremst, fährt im Schrittempo auf die Unfallstelle zu. Ein Polizist winkt. Hans verlangsamt nochmals und bringt seinen Wagen direkt neben der Unfallstelle zum Stehen.

HANS Ja Servus, scho wieder a Motorradler.
ROSWITHA Der schaut nimmer gut aus.
HEINZ-RÜDIGER Babbi, is der tod?
HANS Des weiß mer net.
ROSWITHA Kann doch auch a Frau sein.
HEINZ-RÜDIGER Is die dann tod?
ROSWITHA Sei stad.
HEINZ-RÜDIGER Babbi, is des Auto da ... gell, des is doch a Opel?
HANS Des war einer.

Hinter Familie Böhm beginnt ein Hupkonzert. Der Polizist winkt.

ROSWITHA Kimm, fahr zua. Die hinter uns wolln auch noch was sehn ...

Hans fährt zögernd weiter. Roswitha verdreht sich den Hals. Hinter Hans bleibt das nächste Auto stehen.

Der Hobby-Feuerwerker

Elmar Heiduk in seinem Wohnzimmer vor dem Fernseher.

HEIDUK Ahh, was war jetz gestern? I woas jetz garnimmer – oder wars vorgestern? Des war ganz gut. Er is noch mit einer Hand is er noch an der Dachrinne vom Kirchturm g'hängt. Zerscht mit der ganzen Hand und dann noch mit drei Finger und dann mit zwei und dann is der kommen mit de Lederstiefel und is ihm so auf die Finger – sooo, ääh – und na hat man untn aufplatzschen sehn. Des war toll, obwohl's nur schwarz-weiß war.
Naja und dann, was war denn dann noch? Dann war nimmer viel los – ahja, Ding hob i noch gseng, Karl Moik und Carolin Reiber mit'm Musikantenstadel – Unterwegs in die innere Mongolei mit'n Ding, am Urviech – des war auch recht nett.
Naja, und dann war nimmer viel los.
Was hab i dann noch gschaugt? Nachtgedanken mitn Kuhlenkampff. Mei – nicht mehr viel los. Mir is dann richtig fad worn.
Ich bin dann noch a bisserl spaziern ganga – wissens da, glei da draußn, wos des neue Möbelcenter hingstellt ghabt ham.
Naja – also wenn der Telefonmast aus Holz net da gwesen wär, ich hab dreimal hinspritzen müssn, mitn Spiritus, bis anbrennt is.
Es is aber dann doch anbrennt, weil a bisserl a Wind aufkommen is. Ich habs mir dann angschaut bis zum Schluß, wia des brennt hat. Hab ich mir von daheim, vom Fenster aus hab ichs mir angschaut. Jaja, genau, des

war am Freitag, weil am Samstag da war doch der Dallas im Österreicher, dens im Schweizer scho wiederholt ghabt ham. Ich habn aber im Deutschen a scho gseng, und auf Video hab ich'n auch.
Und dann, was war dann noch?
Ach ja – Besucher aus dem All. Des war toll. Da wo de Marsmenschen, oder was des warn, die ham doch da dem andern die Händ abghackt, und die Eingeweide hams eam rausgrissn, und dann hams es in a Friteuse nei und hams gessn. Des war so rösch, des hat so geknuspert – wie so Chips. Aah, des war toll. Ich habs auch gleich aufgnommen auf Video.
Und was war jetz dann noch?
Dann war eigentlich nimmer viel los. Irgendwas über Tomaten in Brüssel, dann Nachtgedanken vom Kuhlenkampff und dann is mer eigentlich fad worn.
Ich bin dann noch a bisserl spazierngangen, da draußen wo's des neue Teppichland hingstellt ham. Ich hab an Spiritus mitgnommen. Aber wie ich hinkommen bin, hats scho brennt. Da is so a netter älterer Herr auf mich zukommen mit am Benzinkanister.
Mir ham uns dann auf a Bankerl gsetzt und hams gemeinsam angschaut, wies brennt hat. Der Herr hat gmeint, mir wern uns jetzt dann wahrscheinlich öfters sehn.
Jaaa, was gibts denn heut noch? *Schaut in die Programmzeitung.* Miami Vice – und da ... *Deutet ins Fernsehen* ... Bunt ist die Welt. Wissens was, die ham doch da hinten – hams an neuen Baumarkt-Hobbycenter hingstellt. Sie, wissens was, i geh noch a bisserl spaziern, weil des is ja irgendwie fad.

Er deutet aufs Fernsehen.
Geht mit seiner Spiritusflasche ab.
Abspann über dem laufenden TV-Programm.

Wohnseminar

1. Teil

Es läutet. Man sieht durch die Zerrlinse eines Türspions Professor Tabasaran aus Isfahan.
Ernst und Ilse Ramböck – potentielle Vermieter – öffnen.
Ilse schaut auf ihrer Liste nach.

ILSE Des is jetz wahrscheinlich der Professor.

TABASARAN Guten Tag, bin ich hier richtig bei Familie Ramböck? Ich komme wegen die Wohnung. Ich habe schon geschrieben.

ILSE Ja, gschrieben ham da sehr viele. *In die Kamera.* Mir ham uns garnimmer retten können.

ERNST *In die Kamera.* Was glaum Sie, was da los war. Da war der Teufel los nach dem Inserat.

ILSE *In die Kamera.* Des is jetz eh schon die engere Wahl.

ERNST *In die Kamera.* Was sagen jetzt Sie zu dem? Des soll a Professor sein.

ILSE Kommen S' rein, Herr Professor Tabasaran.

ERNST *In die Kamera.* Jetz warns auf amol olle Professorn. Naja.

ILSE So, ja, ah. Des is jetz hier die Wohnung. Ähm, da ham mir die Küche. Is alles erst vor 5 Jahren gründlich renoviert worn.

ERNST Mir ham des ois total renoviert. *In die Kamera.* De do druntn de handeln praktisch mit so Doktortiteln.

ILSE Da, die Spüle, Herr äääh – die war vom Vormieter. Der würde großen Wert drauf legen, daß sie abgelöst wird. Wie gsagt – Sie müssens nicht nehmen, aber sagn mer mal, jemand der jetz die Wohnung wirklich will net, dann hat er halt auch gleich schon a Spüle.

TABASARAN Wieviel kostet die Spüle?

ILSE Ja äh, 2000 Mark sind veranschlagt.

ERNST Neu hat de wahrscheinlich noch viel mehr kost.

ILSE *In die Kamera.* I find, wenn er scho die Wohnung nehmen will, na soll er auch die Spüle nehmen... *Zu Tabasaran.* Da Wohnzimmer, da drüben Schlafzimmer...

ERNST Sie können auch da drüben schlafen. Des wär prinzipiell egal, und da wär dann noch ein Zimmer. *In die Kamera.* Die schlafen dann sowieso wos wollen.

ILSE *In die Kamera.* Irgendwie is er a komischer Vogel... *Zu Tabasaran.* ... Äh, sind Sie alleinstehend oder haben Sie Familie?

TABASARAN Meine Familie lebt zur Zeit in Vancouver.

ILSE *In die Kamera.* Aha, zur Zeit. *Zu Tabasaran.* Jaa, ah, Herr ää... Haben Sie Kinder?

TABASARAN Ja, schon, habe drei Söhne und einen Tochter.

ILSE *In die Kamera.* Vier Kinder! – da brauch mer ja garnimmer weiterreden.

TABASARAN Mein einer Sohn studiert schon, und Tochter is verheiratet in Amerika.

ERNST *In die Kamera.* Des is mir wurscht. Der muaß sowieso a anständige Kaution hinterlegen und an Mietvertrag machen mit vo Haus aus nur noch befristet – 1 Jahr maximal. *Zu Tabasaran.* Da hintn noch a Balkon und da eine Abstellkammer.

ILSE Ja, Herr ääh...

TABASARAN Tabasaran.

ILSE Tabasaran. Sie hams ja gsehn im wesentlichen. Preis ist Ihnen bekannt. Sie ham ja dann auch gleich die U-Bahn vor der Nase, gell. Haustiere, des is eh klar, äh, mehr kann ma im Augenblick noch net sagen – Sie überlegen sich's …

Tabasaran Ich würde die Wohnung schon nehmen.

Ilse *Übergeht den Satz.* Und mir überlegens uns dann ja auch noch. Ähm, Ihre Adresse ham mir ja. Kaution wär übrigens vier Monatsmieten.

Ernst Die vier Monatsmieten, des mag Ihnen jetzt a bisserl hoch vorkommen, aber es hat sich bewährt.

Ilse Also dann, Wiederschaun!

Tabasaran Wiedersehen und äh, ich hoffe dann schon, das wird klappen.

Ernst Ja, Wiederschaun.

Tür zu.

Ernst *In die Kamera.* Der kann lang hoffn.

Ilse *In die Kamera.* Is Ihnen des aa aufgfalln, der hat doch irgendwie was verheimlicht. Der is net gradaus. Vielleicht is der politisch irgendwie … Wissen Sie, mit diesen internationalen Terrorismus und diese ganzen Gestalten.

Ernst Ja, jetz beruhig dich nur wieder, es kommen ja noch andere.

2. Teil

Es klingelt. Im Spion sieht man den nächsten Anwärter. Ilse öffnet die Tür. Adam Pfaff steht in der Tür.

Pfaff Ja, Grüß Gott, mein Name ist Pfaff. I komm wega dera Wohnung.

Ilse Schön Herr Pfaff. Äh, leider war vor Ihnen grad a Professor da, a sehr netter Herr, der hat die Wohnung gnommen. *In die Kamera.* Aussichtslos!

Pfaff Weil i wohn praktisch nur vier Tag in der Woch hier. I bin ja praktisch a Pendler.

Ilse Schön, Herr Pfaff, aber wie gsagt: Die Wohnung is wirklich schon vergeben. Müssens Eahna leider anderweitig bemühen. Wiederschaun. *In die Kamera.* Mir gebn doch net an jeden Gratler die Wohnung. Ham Sie de Schuh gseng. Des san oft so Saufbrüder.

Ernst *In die Kamera.* Da schickens oan vor, der dann an Brückenkopf bildet, und scho hat mers Gschwerl da herin.

Ilse Es is unglaublich, auf was für Tricks die heutzutage alles kommen.

3. Teil

Es klingelt. Iris Künicke steht in der Tür. Ilse schaut auf ihre Liste.

Ilse Des is jetz die Chefsekretärin.

Ernst Ja, vielleicht daugt die was.

Ilse *Öffnet.* Grüß Gott. Sie san, vermute ich, es Fräulein Künicke!?

Künicke Richtig. Und Sie sind dann wahrscheinlich Frau Ramböck. Wir haben telefoniert.

Ilse Ja richtig. Ramböck. Des san mir. Kommen S' rein, schaun Se sichs an. Sie wissen ja worums geht.

Ilse geht mit Künicke in die Küche. Im Off hört man das bekannte ›Spüle-Sprüchlein‹.

Ernst *Schaut ihr nach, dann in die Kamera.* Zu dicke Haxn. Mir ham amal, wie mir noch untervermietet ham, so a blonde Studentin ghabt, die hat an Busen ghabt, des war ääh …

Er hört schlagartig auf und dreht sich wieder weg. Ilse kommt mit Künicke zurück.

ILSE Also, wie gsagt: 2500 die Spüle, dann vier Monatsmieten Kaution. Überlegen Sie sichs, und mir überlegens uns dann halt auch noch derweil.
Also, äh wiederschaun, Fräun ääh ... Dings ...

ILSE *Komplimentiert Künicke hinaus.*
Dann zu Ernst. Hast es gsehn ...?

ERNST Naa ...

ILSE Ja hast es net gsehn? Ja wo schaust denn du hin? Mei ... *In die Kamera.* Mei – Männer sind halt oft ... *Zu Ernst.* Die war doch schwanger!

ERNST Schwanger!? Na, des hob i net gsehn, i hob bloß gsehn, daß dicke Haxn ghabt hat. Solche Stampfer.

ILSE *In die Kamera.* Ham Sie des net gsehn? Die war schwanger. Eindeutig! Des seh ich einer Frau sofort an. Die will hier rein, damit's dann hier a Kind austragn kann. Die kann von mir aus gebären so viel's mag, aber nicht da herin.

ERNST Pst, sei stad, i glaub jetzt kommt wieder oaner.

4. Teil

Es klingelt. Im Spion erkennbar ein Neger. Ilse will öffnen.

ERNST *Winkt ab.* Pssst, a Neger!

Beide stehen an der Tür und rühren sich nicht und lauschen.
Es klingelt nochmals.

ERNST *In die Kamera.* Ganz ruhig bleiben.

ILSE *In die Kamera.* Der geht scho wieder.

Es klingelt nochmals. Diesmal sehr heftig. Dann hört man, wie sich der Läutende entfernt.
Ilse schaut auf der Liste nach.

ILSE Komisch, Ismeier Winfried war des.
ERNST Des kann net sein, des war doch dann a Deutscher.
ILSE *Vergleicht ihre Uhr.* Trotzdem, des kann nur der Ismeier Winfried gwesen sein.
ERNST A deutscher Neger halt.
ILSE Was ois gibt.

5. Teil

Es läutet. Ein leerer Spion. Ilse schaut in ihre Liste.

ILSE Des is jetz der Gynäkologe.
ERNST *Schaut nach.* Naa, niemand. Des warn wieder die Kinder.
ILSE Diese Saufratzn.
ERNST *In die Kamera.* Wissen Sie, ich muß zugeben – ich mag Kinder eh net bsonders. Aber wenns dann auch noch so schlecht erzogen san, also keine Manieren.
ILSE Aber man darf's ja heut garnimmer anlangen ... ... Aber dieser Gynäkologe. Jetz is es doch schon ... *Sie schaut auf die Uhr* ... der müsset doch schon längst da sein, dieser Gynäkologe, sonst kimmt doch schon gleich diese Stewardess.
ERNST Mei, die ham halt immer viel zu tun, der kimmt scho noch. *In die Kamera.* Wissen Sie, ob der in einer Klinik oder a eigne Praxis – so an Arzt kann mer a Wohnung immer vermieten.
ILSE Mei, a Arzt is halt a Arzt. In so am Fall ließ sich auch wega der Spüle noch mit mir redn, oder?!

ERNST Naa, a Arzt da herin braucht die Spüle net nehmen, der soll sich einrichten, wia er mag.
ILSE A Arzt is halt a Arzt!

6. Teil

Es klingelt. Im Spion steht Isabelle DeKoy, eine aufgetakelte Frau. Ilse öffnet.

DEKOY Hallo.
ILSE *Skeptisch.* Hallo.
DEKOY Hallo, wir haben telefoniert – Isabelle DeKoy.
ERNST Ja – wega der Wohnung, net.
ILSE *Schaut in ihre Liste.* Und Sie san a Stewardess. Da sans wahrscheinlich viel unterwegs. Na steht die Wohnung oft leer.
DEKOY *Geht an den beiden vorbei.* Nee, zur Zeit arbeite ich mehr als Model. Ich darf mich doch mal umsehen, der Schnitt an und für sich, jaa, gar nicht schlecht. Wo is'n das Bad bitte?
ILSE Ja, na, Sie ... können sichs zwar ruhig anschauen, aber so wies ausschaut, ist die Wohnung schon so gut wie vergeben. *In die Kamera.* Des is doch ane von ääh – des is doch a Gewerbsmäßige, des is ja allerhand, so jemand da herin.
DEKOY Wollt Ihr vielleicht schon mal, daß ich ne kleine Anzahlung rüberlasse?
ILSE Nana, wie gsagt. Äh ...
ERNST Ja warum net?
ILSE Nein, die Wohnung is praktisch schon vergeben.
ERNST Wieso? An wen denn?
ILSE Des geht dich garnix an.

DeKoy Schade, die Bude wär so an und für sich gar nicht schlecht. Ich zahl Euch 200 mehr im Monat.
Ernst Ja, warum net. Mach mer doch.
Ilse Nein. Sie brauchen sich gar nicht zu bemühen, Fräulein. Leider es is halt amal so.
Ernst *In die Kamera.* Mei Frau is da irgendwie kleinlich, weil i muaß ehrlich sagn, bei der, i war da garnet a so, äh – mei …
Ilse *In die Kamera.* Bevor ich so jemand hier rein laß, da laß mer die Wohnung lieber leer stehn.
DeKoy Tja schade, dann is wohl nichts zu machen. Also, tschau Ihr alten Spießer!

DeKoy geht.

Ernst *In die Kamera.* Mei, so sans, die Frauen.

7. Teil

Es klingelt. Im Spion ein Mann mittleren Alters. Ilse öffnet die Tür. Ernst und Ilse schauen. Man sieht im Treppenhaus eine Frau mit drei Kindern, die offensichtlich zu dem Mann gehören.

Mann Guten Tag, ich komme wegen …
Ilse Wiederschaun! *Schließt die Tür.*
Ernst Ham Sie des gseng? Des is ja, des is ja direkt …
Ilse *In die Kamera.* Wissen Sie, Sie hams ja selber gsehn, was da heutzutag alles a Wohnung sucht. So jemand rein zu bekommen, des is koa Problem – also überhaupts net. Aber so jemand dann wieder raus kriegen is nahezu unmöglich. Und den idealen Mieter den gibts ja garnet. Weil diese Typen, die da rumtanzen, die kommen ja nur, weils a Wohnung suchn, weils selber koane

ham. A anständiger Mensch, der wo a Wohnung hat, der braucht ja garkoane mehr suchn, weil er ja selber oane hat.

Sankt Nikolaus

Straße in einer Trabantenstadt – Häuserflucht. Ein Auto kommt zügig angefahren, Vollbremsung. Ein zweites Auto muß ebenfalls scharf bremsen. Allmähliche Staubildung. Ein gestürzter Nikolaus sammelt auf der Straße seine Utensilien zusammen.

FAHRER DES I. WAGENS *Zum Fenster raus.* Hergottzackrament du Klätzn, kost du net aufpassn?! Geh weida, schleich di mit dein Graffe, du Huastnguattl, du windigs!!

FRAU *Aus dem 1. Wagen raus, kaum zu sehen.* Aso laaft ma ja aa net auf da Straßn umanand, des is ja verkehrswidrig!!

Der Nikolaus gibt sich sichtlich Mühe, seine Sachen schnell und unbürokratisch von der Fahrbahn zu transportieren.

FAHRER DES I. WAGENS Kaaf dir doch an Blindenhund, blääda Siedla, wennst net alloa üba d'Straß kimmst!!

FRAU *Aus dem Wagen.* Mir samma doch net im Fasching. So ein Kaschperl!

Es beginnt ein Hupkonzert. Der Nikolaus hat seine Utensilien notdürftig zusammengerauft, der Verkehr fließt wieder.

FAHRER DES I. WAGENS *Im Vorbeifahren.* Arschloch! *Schließt sein Fenster.*

Man hört einige überfahrene Walnüsse knacken. Der Nikolaus hat sich gefangen, vergleicht auf einem Zettel eine Adresse, sieht an dem Hochhaus empor, vor dem er steht, und ist offenbar am Ziel.

Er geht zum Hauseingang, sucht, läutet, wartet. Es knackt, pfeift, dann aus dem Summer eine Stimme.

STIMME (OFF) Hallo, – hallo, wer is da?
NIKOLAUS Sankt Nikolaus steht vor der Tür.
STIMME (OFF) Ah, Sie sinds, Moment.

Es surrt, der Nikolaus rüttelt an der Tür, nichts geht. Der Nikolaus läutet noch mal.

STIMME (OFF) Hallo, hallo, wer is da?
NIKOLAUS Es ist abgesperrt.
STIMME (OFF) Naa. Sie müssen fest drücken.

Es surrt, der Nikolaus drückt fest, fliegt fast rein ins Haus, drückt den Liftknopf; während er wartet, repariert er vollends sein Kostüm. Die Lifttür geht auf, zwei Rocker kommen aus dem Lift.

ROCKER 1 Uui, a Nikolaus, Hahahaa!
ROCKER 2 A Nikolaus, haahaahaa...
ROCKER 1 Duast scho wieder kloane Kinder vaschrecka, ha? Geh weida, eh, was hast'n in dein Sack drin? Ha?!
NIKOLAUS *Zieht seinen Gabensack an sich.* Lassen Sie mich in Ruhe!
ROCKER 1 Ui, da ander! Laß mi neischaugn, Spezi!!

Rocker 1 pöbelt den Nikolaus an, Rocker 2 haut ihm die Bischofsmütze vom Kopf, Rocker 1 haut dem Nikolaus vor die Brust, der Nikolaus verliert seinen Bischofsstab und rettet sich mit einem Sprung gerade noch in den Lift. Tür zu.
Wohnzimmer der Familie Klinger. Die Tür ist auf. Adolf Klinger und Sohn Robert sitzen vor dem Fernseher (Programm: Werbespot). Hannelore Klinger kommt von der Toilette (Rauschen).

ADOLF Hergott, muaß der ausgerechnet jetzt kemman. Auf wann hast'n denn bstellt?

HANNELORE Mei, de ham heit vui zum doa, heit und moign.

ADOLF Kann der net früher kemman, der Krippe', weil, früher sans allwei' früher kemman. *Schenkt Bier nach.*

HANNELORE Vielleicht is er in an Stau neikemman oder er hat's net gfunden. *Setzt sich, ißt weiter.*

ADOLF Wenn er besser in der Schui g'wesn waar. *Zeigt auf Robert.* Na hätt ma heuer garkoan Nikolaus nimmer braucht.

HANNELORE Ja, mei, jetzt is er scho da.

Man hört von draußen den Nikolaus schüchtern kratzen und räuspern.

HANNELORE Gengas nur rei, 's is offen. So, Roberti, jetz is er da.

FERNSEHER Zur Fortsetzung des Programms schalten wir um nach Bremen. – *Sendezeichen.* –

NIKOLAUS *Halboff im Flur.* Ja, bin ich hier richtig? Ich such' den Robert Klinger.

HANNELORE Ja, kemmas doch rein, legns ab.

Der Nikolaus betritt das Zimmer. Irritierter Seitenblick auf den laufenden Fernseher (im Fernsehen gerade Ansage: Vier Fäuste für ein Halleluja o. ä.).

NIKOLAUS Guten Abend.

HANNELORE 'n Abend.

ADOLF Roberti, geh weida ... *Bedeutet ihm, aufzustehn.*

Robert stellt sich vor den Nikolaus.

HANNELORE Nimm dein Kaugummi raus.

Robert folgt.

NIKOLAUS Vom drauß' im Walde komm ich her, ich kann euch sagen, es weihnachtet sehr.
Du bist also der Robert Klinger?

ROBERT Ja, warum?

NIKOLAUS Groß bist du schon. Bist du auch immer schön brav gewesen?

ROBERT Ja, warum?

HANNELORE Geh, weiter, Roberti, sag schön dein Gedicht auf.

ROBERT *Sehr trocken.* Komm doch, lieber Sankt Nikolaus, komm mit deinem Sack in unser Haus. Pfeffernüsse, Mandelkern mögen alle Kinder gern.

Adolf hat inzwischen das Fernsehen lauter gestellt.

FERNSEHER Komm raus Miller! Ich weiß genau, daß du hier bist, zeig dich, Coyote!! *Musik, Schüsse, Pferdegetrappel.*

Alle, auch der Nikolaus, sehen jetzt fern. – Eine wilde Schießerei, ein Todesschrei, neuer Musikeinsatz.

FERNSEHER Hey, Chandler, Tom hat noch 'ne Prise Dynamit im Sack, jetzt räuchern wir sie aus!

Adolf zündet sich eine Zigarette an.
Hannelore nimmt sich eine Handvoll Chips, der Nikolaus sieht verstohlen auf seine Uhr.

NIKOLAUS Ja, ich würde ja noch gerne bleiben, es ist sehr gemütlich hier. *TV: Detonation, neuer Musikeinsatz.*
Aber, es warten noch andere Kinder auf den Nikolaus.

ADOLF *Abwesend.* Ja, also, Wiederschaun, nett, daß Sie da warn.

HANNELORE Wiederschaun, dann, bis zum nächstenmal. Sie finden allein raus, gell?

Der Nikolaus schaut schüchtern in der Runde herum, bleibt aber an seinem Platz stehen.

ADOLF Jaa, is noch was?
NIKOLAUS Jaa ... *Deutet auf Robert.*
ADOLF Ja, was is denn?
NIKOLAUS *Verschämt.* Ja, das Finanzielle ...
HANNELORE Ah ja, stimmt. Des hätt mir jetzt fast vergessn. Geh weida, Roberti, hol gschwind am Bappa sein Geldbeutl.

Robert unwillig ab. TV: Prärierittmusik, Pferdegetrappel, Peitschenknallen.

ROBERT (OFF) Wo is er denn?
ADOLF *Zu Hannelore.* Geh weida, geh du mal.

Hannelore ab, Adolf macht das Fernsehn etwas leiser.

ADOLF Mögen S' an Schluck Bier?
NIKOLAUS Im Moment nicht, danke.

Adolf macht das Fernsehn noch etwas leiser, man hört von unten Gejohle und Motorlärm. Adolf schließt das vorher schräggestellte Fenster, schaut einen Moment hinaus.

ADOLF Hergott, de gspinnaten Deifen. *Setzt sich wieder.*

Der Nikolaus geht ans Fenster, sieht hinaus, man sieht unten eine Rockerclique, die mit dem Bischofsstab des Nikolauses ein Bischofsmützenstechtournier fahren.

NIKOLAUS Nen Schnaps, wenn Sie vielleicht hätten.
ADOLF Mögens an Hubertus oder an Lufthansa?

NIKOLAUS Egal, irgendwas.

HANNELORE So, da hätten mers. Was macht des jetzt heuer?

NIKOLAUS 62 Mark 50.

HANNELORE 62 Mark 50?!

NIKOLAUS Mit Anfahrt.

HANNELORE Jaso, ja, i hab gmoant, da is och a Krampus dabei?

NIKOLAUS Vom Krampus kommt man immer mehr ab. Aus pädagogischen Gründen ...

HANNELORE Ah so, ja dann. *Zahlt, erhält Quittung.* Also dann, Wiederschaugn.

ADOLF *Abwesend.* Wiederschaun, Herr äh ...

NIKOLAUS Ja, behüt euch Gott. Also, Robert, hast du gehört? Immer schön brav sein. *Gibt Robert eine Weihnachtstüte aus seinem Sack.*

ROBERT Dankschön.

Detonation im Fernseher. Text: Dem haben wirs sauber gegeben. Der ist erledigt. – Musikeinsatz. Der Nikolaus ist verschwunden.

ADOLF Wieviel hat jetz der Scherz kost?

HANNELORE 62 Mark 50. Mit Anfahrt vom Künstlerdienst.

ADOLF 62 Mark 50, das is ja a Unverschämtheit, dafür kann i ja scho a Doktor kemma lassn.

HANNELORE Ja mei, ois werd teirer.

ADOLF Aber's nächstemal nehman mir oan vom Pfarramt. De san billiger. Und echter.

HANNELORE Ja, heuer ham mir ja koan andern mehr kriagt. De vom Pfarramt warn ja scho alle ausgebucht.

Robert geht ans Fenster.

Adolf Ja mei, na bstellst halt scho glei jetzad oan für nächst's Jahr.

Robert sieht zum Fenster raus, man hört johlende Rocker, die den Nikolaus jagen … Robert grinst.

ISBN 3 251 00050 0 [29.95]

Gerhard Polt/
Hanns Christian Müller
Da schau her

Alle alltäglichen Geschichten. Mit Zeichnungen von Reiner Zimnik und vielen Fotos. 320 Seiten, Format 16,5 × 25,3 cm, Pappband mit Umschlag.
Alltägliche Geschichten von und mit Menschen wie du und ich aus diesem unserem Lande in einem ebenso würdigen wie merkwürdigen Prachtbuch für Leser und Literaten, Laien und Bühnen, Kritiker und Konsumenten, Familien, Fernsehzuschauer und – warum auch nicht? – Politiker, Juristen, Mediziner, Volks- und Gastwirte.

Ein Beitrag Bayerns zu deutschem Dichten und Trachten.

Ein heimattreues Geschenkbuch, passend in jeden Lodenmantel und auf jede geschnitzte Anrichte, daher besonders geeignet für Bayern, alle anderen Alpenbewohner und -anrainer sowie einige aufgeschlossene und gebildete Preußen.

»Apropos ham Sie Thomas Hobbes gelesen? – Emmanuel Kant? – Thomas von Aquin? – Nicht? An Erasmus von Robespierre? Oder einen Polt? Sie, des sind Bücher, da kann ich nur sagen: schaun S' amal nei . . .«

ISBN 3 251 00113 2 [29.95]

Gerhard Polt/
Hanns Christian Müller
Ja mei . . .

Neue und umfassende alltägliche Geschichten. Mit Zeichnungen von Volker Kriegel und vielen farbigen Fotos. 224 Seiten, Format 16,5 × 25,3 cm, Pappband mit Umschlag.

Ja mei . . . ist die bayrische Synchronfassung des altdeutschen Begriffs »Kismet«.

Das vorliegende Werk bringt neue und umfassende Geschichten aus dieser unserer Zeit und sichert damit die ebenso würdige wie wuchtige Nachfolge des Prachtbuchs *Da schau her.* Beide Bände vereinen das vorläufige Compact-Werk der Autoren.

»Wir haben heuer mal eine Weltreise gemacht. Aber ich sags Ihnen gleich, wie es ist: Da fahren wir nimmer hin.«

ISBN 3 251 90004 8 [49.95]

Der Dicke Doppel-Polt
Da schau her und
Ja mei . . .

Alle und Neue alltägliche Geschichten von Gerhard Polt und Hanns Christian Müller. Mit Zeichnungen von Reiner Zimnik und Volker Kriegel und vielen Fotos in einer Kassette.

»Wenn ein Hamburger Nachrichten-Magazin einen Preußen beauftragt, über einen Bayern und sein Buch zu schreiben, muß es sich um ein Ereignis von überregionaler Größe handeln. In der Tat: Polt ist ein Ereignis.«
LORIOT im ›SPIEGEL‹